www.tredition.de

Liam Ortwin

# Götter des Olymp

www.tredition.de

© 2019 Liam Ortwin

Verlag & Druck: tredition GmbH, Halenreie 40-44, 22359 Hamburg

ISBN
Paperback:    978-3-7497-2435-2
Hardcover:    978-3-7497-2436-9
e-Book:        978-3-7497-2437-6

# Götter des Olymp

*Contrahit celeriter similitudo eos, ut fere
fit: malum malo aptissimum*

(Schnell bringt die Ähnlichkeit sie zusammen,
wie es gewöhnlich geschieht: Der Böse ist für den
Bösen der Geeignetste)

1

Dr. George Schmidt, anerkannter und geschätzter Virologe bei Pharmalead Ltd., der renommierten Pharmafirma in der Nähe von Los Angeles, Kalifornien, war froh, endlich der Gluthitze seines
BMW 2002 ti entrinnen zu können. Autos dieser
Jahrgänge besaßen üblicherweise noch keine
Klimaanlage und die dreißigminütige Fahrt von
seiner Wohnung zu seinem Arbeitsort hatte
Schmidt zugesetzt. Es war ja ganz nett, ein solches
Auto zu besitzen, aber manchmal hatte dies eben
auch seine Nachteile. Er betrat die Eingangshalle
zum Firmenhauptsitz und eine wohlige Kühle
empfing ihn. Das ganze Gebäude war klimatisiert,

manchmal war die Klimaanlage nach seinem Empfinden auch zu kalt eingestellt. George Schmidt fuhr mit dem passwortgesteuerten Fahrstuhl in das 5. Untergeschoss und lief zu den Umkleideräumen. Unterwegs nickte er ein paar Kolleginnen und Kollegen zu - große Lust auf eine Unterhaltung hatte er nicht, zu groß waren die Nachwirkungen der nächtlichen Ausschweifungen – *nie mehr*, so dachte er, *werde ich Wodka trinken...*

Er entledigte sich all seiner Kleider bis auf die Unterwäsche. Dann streifte er sich den luftdichten PVC-Schutzanzug über und überprüfte, ob die Bajonettverschlüsse der Kopfhaube und der Handschuhe auch richtig eingerastet waren. Er trat zur Sicherheitsschleuse, welche die Umkleideräume vom Hochsicherheitslabor trennte und gab seinen 8-stelligen persönlichen Code ein. Die erste, zweigeteilte gläserne Schleusentüre öffnete sich fast lautlos und er betrat die Schleuse. Nachdem sich die Türe geschlossen hatte, gab er einen zweiten persönlichen Code in eine Tastatur an der Wand ein. Der Bildschirm an der Wand registrierte seinen Eintrag und zeigte ihm auch, wer in den letzten 12 Stunden vor ihm bereits das Labor betreten und verlassen hatte. Im Moment befanden sich vier weiter Kollegen im Labor, welche alle ihren eigenen Forschungen nachgingen.

Das Labor war riesig. Nebst durch Sicherheitsglas abgeschlossenen Abteilen gab es auch unzählige Tierkäfige mit Affen, Mäusen und Ratten. Dr. Schmidt hatte sich auf die Forschung im Bereich der HIV-Medikamente spezialisiert und dank einer bald dreißigjährigen Tätigkeit konnte die Industrie bereits einige Erfolge verzeichnen. Zwar waren ein Impfstoff oder ein heilendes Medikament noch nicht gefunden, aber die Lebenserwartung von HIV-Patienten konnte dank den erforschten und bisher auf den Markt gebrachten Medikamenten wesentlich verlängert und die Krankheit erträglicher gemacht werden. George Schmidt ging bis fast zum Ende des riesigen Labors, schloss dann den Anzug an einen der Schläuche an, welche den frischen Sauerstoff lieferten und schaute zuerst nach den Rhesusaffen, welche er für seine Experimente einsetzte. Allen Affen schien es gut zu gehen, aber endgültige Resultate werden wohl erst die Laboranalysen ergeben. Seine Assistentin und Verlobte Ruth hatte die entsprechenden Proben bereits aufbereitet und er konnte die Resultate auf dem immens teuren Computer abrufen. Schmidt runzelte die Stirn. Eigenartig, dachte er, in den letzten Tagen waren die Ergebnisse wesentlich besser, die Zunahme der weißen Blutkörperchen gefiel ihm nicht, die Zahl der Antikörper hatte sich verringert und auch die Körpertemperatur der Rhesusaffen schien gestiegen zu sein. War er mit den neusten Medikamenten doch auf dem falschen Weg? Und weshalb waren die Testresultate plötzlich anders? Er vergewisserte sich im Login-Protokoll, dass niemand außer ihm und Ruth auf den Computer zugegriffen hatte. Das Protokoll zeigte, dass der Server in der Nacht für etwa eine Stunde herunter gefahren worden war oder sich automatisch heruntergefahren hatte. Bei Unterhaltsarbeiten im Gebäude, welche vornehmlich nachts ausgeführt wurden, oder bei Server-Updates war dies durchaus üblich. Rund zweieinhalb Stunden lang verglich er die neuesten Ergebnisse mit den Resultaten der letzten Wochen. Das alles machte keinen Sinn. Man war auf einem guten Weg, der sehr erfolgsversprechend war und jetzt plötzlich schien es, als ob sämtliche Resultate nichts mehr Wert waren. Er schüttelte abermals den Kopf, als ob ihm so die rettende Idee kommen würde. Er seufzte. Wenn die neuen Resultate stimmten, dann waren rund drei Jahre Forschung für die Katz und sie mussten von vorne beginnen. Sicher war es gut, eine zweite Meinung einzuholen. Er gab den Befehl an den Drucker, sämtliche Resultate der letzten sechs Monate auszudrucken und machte sich mit dem Stapel Papier auf den Weg zurück zur Schleuse. Nachdem er diese vorschriftsgemäß passiert hatte, zog er seine Zivilkleidung wieder an und verzichtete auf die nach den Geschäftsgepflogenheiten vorgeschriebene Krawatte. *Zum Teufel damit, schließlich bin ich Wissenschaftler und nicht Banker!* Wenn nur die Kopfschmerzen nicht wären – *NIE mehr Wodka!*

Endlich in seinem Büro im 4. Stockwerk angekommen, bat er seine Sekretärin um einen starken
Kaffee, wohl wissend, dass das Gebräu, welches er
erhalten wird, der Bezeichnung Kaffee spottete
und dachte sehnsüchtig an die zwei Jahre in Paris,
die er vor rund vier Jahren bei der Vertriebsgesell-
schaft verbringen durfte – *das war Kaffee!* Der Kaffee war tatsächlich wie immer eine kraftlose
Brühe, aber vielleicht half ja das wenige Koffein
trotzdem, seinen Kater loszuwerden. Er griff zum
Telefon, um seinen Vorgesetzten und Leiter der
Abteilung Virologie, Dr. Dan Snyder anzurufen.
"Hör mal Dan, ich werde aus den neusten Resultaten einfach nicht schlau – kann ich kurz vorbeikommen?" „Aber sicher George, aber bitte erst in
zwanzig Minuten – im Moment bin ich noch in einer Unterredung" antwortete dieser. Die Unterredung hieß Patricia, war Dan Snyders Assistentin,
26 Jahre jung, hatte beinahe Modellmasse und besaß außerordentliche mündliche Fähigkeiten, von
denen Dan Snyder auch gerne täglich Gebrauch
machte. Dass Patricia für eine Assistentin ein beinahe fürstliches Gehalt bezog, war Dan Snyder
egal, denn schließlich bezog sie ihr Gehalt ja von
der Firma, was Snyder immer wieder mal ein Grinsen entlockte, denn schlussendlich bezahlte sein
Arbeitgeber für die Regelung seines Hormonhaus-
haltes. Knapp dreißig Minuten später meldete Patricia Dan Snyder die Ankunft George's – den Lippenstift noch immer ein wenig verschmiert. Dan
begrüßte George mit einem Lachen und einem kol-
legialen Schulterklopfen. Sie kannten sich aus der

Studienzeit und George war es oft ein Rätsel, wieso Dan Karriere gemacht hatte, obwohl er ein eher mittelmäßiger Student ohne großen Forschungsdrang war. Aber offenbar wusste er sich besser zu verkaufen – *und er trägt gerne Krawatten.* „Na alter Junge, was liegt dir auf dem Herzen?" George räusperte sich. Er wusste nicht recht, wie er beginnen sollte. Denn sollte sich bewahrheiten, dass man mit den Forschungen nochmals von vorne beginnen muss, würde sein Chef sicher nicht sehr erbaut sein. „Dan, ich komme mit den neusten Resultaten nicht weiter, sie machen keinen Sinn. Gestern schien es noch, als ob wir weitere Erfolge verzeichnen können und heute stelle ich fest, dass alles, was wir in der letzten Zeit für gefestigte Ergebnisse hielten, nicht mehr gilt – schau dir das mal an." Dan Snyder beugte sich über die Seiten, welche George ihm rüber schob und studierte diese lange und eingehend. „Hör mal George, ich begreife deine Aufregung aber es scheint tatsächlich, dass wir hier an einen Endpunkt gekommen sind. Gibt es keinen Zweifel an den Resultaten?" „Nein, ich habe sie mehrmals analysiert, die Resultate stimmen!", George klang verzweifelt. „Gut, ich werde die Ergebnisse mit meinen Geschäftsleitungskollegen besprechen George, ich melde mich so rasch wie möglich wieder bei dir. Vielleicht wiederholst Du die Tests der vergangenen sechs Monate mit neuen Tieren"? George schaute Dan erstaunt an. „Der vergangenen sechs Monate? Du weißt schon, was das heißt, oder?" „Hör mal George, wir forschen jetzt schon seit beinahe dreißig Jahren nach effektiven Medikamenten gegen das HI-Virus, da wird es wohl auf ein paar Monate mehr oder weniger nicht ankommen, oder?" George zuckte registriert die Schultern und war erstaunt, wie locker Dan die ganze Sache nahm. „Wie Du meinst Dan, es ist ja nicht mein Geld." Freundschaftlich drückten sie sich die Hand und ohne ein weiteres Wort verließ George das mahagonigetäfelte Luxusbüro seines Vorgesetzten. Er ging zurück in sein Büro und bat Ruth, ihm von den Testresultaten Kopien zu machen, er wollte sie sich zuhause nochmals ansehen. Den Rest des Tages verbrachte er hauptsächlich damit, seiner Ansicht nach unnötige Rapporte zu erstellen und seine Kopfschmerzen zu pflegen.

Nachdem sich die schalldichte Türe hinter George geschlossen hatte, wählte Dan die Nummer von Mike Karasiuk. Mike Karasiuk, von seiner Herkunft Ukrainer, war einer der Mitbesitzer von Pharmalead Ltd. und seit der Gründung der Firma auch CEO. „Hallo Mike, hier ist Dan, können wir uns heute Abend am üblichen Ort treffen? Wir haben ein Problem.

## 2

Das Treffen zwischen Dan Snyder und Mike Karasiuk fand bei Dunkelheit auf einem Parkplatz vor einem großen, zu dieser späten Uhrzeit geschlossenen Warenhaus statt. Dan stieg in Mikes Auto und legte gleich los: „Mike, George hat die neuen Testresultate analysiert und ist mit diesen gar nicht zufrieden. Es ist zu befürchten, dass er etwas gemerkt hat." „OK Dan, ich kümmere mich darum. Ich werde Philip informieren." Das Treffen zwischen Dan und Mike dauerte keine zwei Minuten und kaum hatte Dan Mikes Wagen verlassen, griff Mike zu seinem Handy und rief Philip Muller an. Philip war der Sicherheitschef der Pharmalead Ltd. und wusste über alles Bescheid – entgegen dem Wissen von Mike auch über dessen Verhältnis zu seiner Assistentin. *Schließlich muss man sich ja absichern und Wissen ist Macht!* „Kommen Sie sofort zum Parkplatz" knurrte Mike ins Telefon ohne Philip begrüßt zu haben. Philip kannte seinen Boss und wusste, dass es dringend sein musste, wenn er ihn zu so später Stunde anrief. Unverzüglich setzte er sich deshalb in seinen Wagen und knapp zwanzig Minuten später stieg Philip zu Mike ins Auto, den Parkplatz kannte er von früheren Treffen. Mike schilderte Philip das Problem und sagte ihm, was er von ihm verlangte. Philip hatte zwar von seinem CEO bisher noch nie einen solchen Auftrag erhalten, hatte aber auch keine Mühe damit, einen solchen Auftrag auszuführen. Als ehemaliges Mitglied der SEALs hatte er oft auch als Problembeseitiger gedient und wusste, wie vorzugehen war.

Nachdem er und Mike Karasiuk sich getrennt hatten, fuhr Philip zuerst zu einer Take-Away-Kette. Er hasste Fast-Food aber der Telefonanruf von Mike hatte ihn beim Kochen unterbrochen und jetzt hatte er Hunger. Nachdem er auf einer Parkbank in Ruhe gegessen hatte setzte er sich wieder in seinen Wagen. Die Digitaluhr in der Mittelkonsole zeigte 00.15 Uhr. Philip schaltete sein Handy aus. Man soll den Weg, den er jetzt unter die Räder nahm, nicht so einfach nachvollziehen können. *Mal schauen, ob er schon in seinem Bettchen ist*, murmelte er und startete den starken Motor seines Wagens.

Währenddessen fuhr Mike zu einer abgelegenen Telefonzelle und wählte eine Nummer mit französischer Vorwahl. Es dauerte lange, bis sich am anderen Ende eine verschlafene Stimme mit einem simplen „Halo" meldete. Mike benutze seinen Decknamen, Zephyros, den er innerhalb der „Gruppe" hatte. Sämtliche Mitglieder kannten zwar die wirkliche Identität der anderen, aber aus Vorsicht benutzten sie immer nur ihre Decknamen, welche sie ausnahmslos griechischen Göttern entlehnt hatten. „Hier ist Zephyros, ich habe eine Nachricht für Sie, Astraios" sprach Mike in den

Hörer und spürte förmlich wie sein Gesprächspartner in rund 10'000 km Entfernung schlagartig
wach wurde. „Ich höre" sprach Maurice Tabord mit
beinahe akzentfreiem, britischem Englisch in den
Hörer. „Wir haben ein Problem mit einem unserer
Forscher. Ich habe aber bereits den Auftrag erteilt,
das Problem zu beseitigen." „Wann?". „Heute noch"
bestätigte Zephyros. „Gut, geben Sie mir Bescheid,
wenn das Problem definitiv beseitigt ist", sprach
Astraios und hängte ohne ein weiteres Wort auf.
Mike holte tief Luft, er war immer froh, wenn die
Gespräche mit Astraios vorüber waren. Bei dieser
Sache durfte nichts schiefgehen.


Nach einer rund zwanzigminütigen Fahrt traf
Philip in der Straße ein, in der George wohnte. Es
war eine typische Vorortgemeinde, auf einem kleinen Hügel gelegen, mit mittelständischen Einfamilienhäusern und gepflegten Gärten. *Eigentlich
ziemlich bieder hier*, dachte Philip. *Es fehlen nur
noch die Gartenzwerge."* Er fuhr langsam an
George's schlichtem Haus vorbei und sah kein
Licht mehr brennen. Er fuhr um die nächste Ecke
und parkte seinen Wagen an einer möglichst dunklen Stelle. Der Wagen war hochglanzpoliert, aber
eigenartigerweise waren die Nummernschilder
schmutzig und kaum zu entziffern. Philip nahm
eine kleine Stofftasche mit Werkzeugen aus dem
Kofferraum und schloss diesen vorsichtig, um un-
nötigen Lärm zu vermeiden. Langsam, aber nicht
zu langsam, ging er die Straße zurück bis er vor

George's Haus stand. Er vergewisserte sich, dass niemand in Sichtweite war und dass er auch von niemandem beobachtet wurde. Es waren nur vereinzelt noch erleuchtete Fenster in den umliegenden Häusern, aber keine Bewegung dahinter zu sehen. Rasch und lautlos huschte er in seinen Sportschuhen zu George's Garage und wollte bereits den Dietrich aus der Tasche holen als er grinsen musste. *In so einer spießbürgerlichen Nachbarschaft schließt sicher niemand seine Garage ab.* Und tatsächlich, das Tor bot keinen Widerstand, als er am Griff zog. Vorsichtig öffnete Philip das Tor nur soweit, dass sich darunter hindurchrollen konnte. Von innen zog er das Tor wieder zu. Er betrachtete kurz Georges BMW 2002 ti. *Ein schöner Wagen, eigentlich schade drum.* Nach nicht einmal zehn Minuten hatte er sein Werk vollendet und schlich sich genauso leise, vorsichtig und ungesehen wieder davon, wie er gekommen war. Inzwischen war es 1 Uhr Morgens und er war hundemüde *Manchmal ist das ja doch ein Scheißjob, aber wenigstens ist er gut bezahlt.*

3

Der altmodische Wecker, den George seit seiner Studentenzeit sein Eigen nannte, riss ihn aus dem Tiefschlaf als er um 7 Uhr rasselte. Er hatte diese Nacht wohl mehr und auch besser geschlafen als nach seinem Wodka-Ausrutscher, aber der Schlafmangel machte sich immer noch bemerkbar. Nach der Dusche fühlte er sich frischer und verspürte sogar Hunger. Normalerweise konnte er um diese Zeit noch nichts essen, aber heute hatte er tatsächlich Appetit. Viel Brauchbares fand er in der Küche allerdings nicht und so gab er sich mit ein wenig Toast, einem selbstgebrauten und wirklich starken Kaffee und einer Banane zufrieden. Beinahe zufällig fiel sein Blick auf das Sideboard. *Ja richtig – die Kopien der Testresultate!* Er hatte gestern Abend einfach keine Lust mehr gehabt, sich diese nochmals anzusehen. Er überlegte kurz, was er damit machen soll, denn schließlich handelte es sich immerhin um streng geheime Unterlagen seines Arbeitgebers, die er eigentlich gar nicht hätte mit nach Hause nehmen dürfen. Kurzerhand steckte er die Kopien in einen großen Briefumschlag und schob diesen unter die Kommode neben der Eingangstüre. Das war zwar nicht gerade eben ein gutes und auch kein phantasievolles Versteck - *aber was soll's.* Er trat ins Freie und blinzelte in die kalifornische Morgensonne. Es versprach wieder ein schöner und heißer Tag zu werden. Schwungvoll öffnete er das Garagentor. *Eigentlich sollte ich es über Nacht abschließen,* sinnierte er. *Es wäre schade um den Wagen wenn er gestohlen würde.* Er stieg in den Wagen und startete beinahe zärtlich die Turbomaschine des BMWs. Der Motor sprang problemlos an und George ließ den Wagen aus der Garage rollen. Ein kurzer Tritt auf die Servobremse genügte um den Wagen zum Stehen zu bringen. George ließ den Motor im Leerlauf weiterlaufen während er das Garagentor schloss. Nachdem er wieder eingestiegen war, gurtete er sich mit dem altmodischen Gurt an. Es war zwar ein Dreipunkt-Gurt, aber kein Rollgurt. Deshalb passte er sich nicht automatisch dem Passagier an. Da George aber ohnehin, außer Ruth, die er ab und zu unter großer nervlicher Anstrengung fahren ließ, der einzige Fahrer war, spielte dies keine Rolle. Gemächlich ließ er den Wagen durch das Quartier rollen. Am Ende der Ortschaft beschleunigte er den Wagen und freute sich auf die kurvenreiche Straße hinunter nach Los Angeles. Sie war ihm viel lieber als die neu gebaute Schnellstraße, denn sie forderte ihn als Fahrer und wie jeder Mann war auch er der Meinung, ein ausgezeichneter Fahrer zu sein. Geschmeidig glitt der Wagen durch die Kurven und folgte den Lenkbewegungen Georges sehr präzise. Die Straße führte immer steiler bergab und George wusste, dass er die nächste Linkskurve langsamer wird nehmen müssen, wenn er nicht in der Schlucht enden wollte. Vorsichtig trat er auf die Bremse, spürte jedoch keine Verzögerung. Überrascht trat er fester zu – *noch immer nichts.* Er trat schließlich die Bremse ganz durch, aber der Wagen wurde trotzdem immer schneller. Mit Schweißperlen auf der Stirn versuchte George, vom vierten einen tieferen Gang hinunter zu schalten, aber die Schaltung klemmte. Auch die Handbremse zeigte keine Wirkung. Er kam der scharfen Linkskurve immer näher wusste, dass er es nicht überleben würde, sollte er über das Bord hinaus

fahren und in der Schlucht landen. Wie ein Renn-
fahrer schnitt er die Kurve auf der Gegenseite in
der Hoffnung, dass auf der nicht sehr frequentier-
ten Straße nicht gerade in diesem Moment ein anderes Fahrzeug entgegen kam. Er hatte die Kurve
schon beinahe hinter sich gelassen als er die Umrisse eines Autos vor sich auftauchen sah. Schnell
zog er das Steuer nach rechts auf seine Spur und
erschrak, als er das Heck eines Lastwagens vor
sich auftauchen sah. Dann wurde es schwarz um
ihn herum.

4

Von ganz weit weg hörte George Stimmen. Eigentlich war es mehr ein Gemurmel und er konnte
die einzelnen Worte nicht verstehen. Als ob man
ihn in Watte gepackt hätte. Es war dunkel und alles tat ihm weh. *Vielleicht wird es heller, wenn ich
die Augen öffne?* Er versuchte, die Augenlider zu
heben. Mit einer fast übermenschlichen Anstrengung schaffte er es, das rechte Auge wenigstens einen Spalt breit zu öffnen. „Na, wen haben wir denn
da?" tönte eine angenehme Baritonstimme. Sche-
menhaft sah George, wie sich ein rundes, braunge-
branntes Gesicht mit weißem Haarkranz über ihn
beugte. „Sie sind im General Hospital. Ich bin Dr.
David Smathers, wie fühlen Sie sich?" George
überlegte. *Was war passiert? – Ach ja, der Unfall.*

"Mir tut alles weh." „Kunststück", grinste Dr. Smathers, „Sie sind fast so zerbeult wie Ihr Auto, aber im Gegensatz zu diesem haben Sie, dank dem Gurt, überlebt." Nebst vielen Prellungen, einer Hirnerschütterung und einem gebrochenen Arm fehlt Ihnen nichts weiter. Wir behalten Sie aber sicherheitshalber noch für ein paar Tage hier zur Beobachtung. Wir müssen auch noch genau untersuchen, ob sie innere Blutungen haben." George nickte nur, was ihn augenblicklich daran erinnerte, dass sein Kopf ebenfalls in Mitleidenschaft gezogen worden war. *Ich bin so müde.* Als er wieder aufwachte, war es Nacht. Offenbar hatte man ihm ein Schlafmittel verabreicht. Er versuchte, sich im Bett aufzurichten, aber die Schmerzen waren fast nicht zu ertragen und der eingegipste linke Arm war der Beweglichkeit auch nicht gerade förderlich. Ächzend schaffte er es schlussendlich, sich im Bett aufzurichten. Dann setzte die Füße auf den Boden und stand auf. Mühsam schleppte er sich zur Toilette und war froh, dass er dies alleine tun konnte. Zurück im Bett schlief er sofort wieder ein und wachte erst am folgenden Morgen wieder auf, als ihn eine Schwester an der Schulter berührte. „Mr. Schmidt, jemand möchte Sie sprechen." Langsam hob George die Lider und sah vor sich eine Polizeiuniform. „Guten Tag Herr Schmidt, ich bin Sergeant Cooley. Ich wollte Sie zum Unfallhergang befragen." George schilderte, so gut er sich noch erinnern konnte, alles was passiert war. Cooley schaute nachdenklich. „Wissen Sie, was uns beschäftigt?" George schüttelte den Kopf, was ein

Fehler war, denn der stechende Schmerz meldete sich augenblicklich wieder. „Wir haben Ihren Wagen zu unserem technischen Sachverständigen gebracht. Er ist der Meinung, dass an den Bremsleitungen und am Schaltgetriebe manipuliert wurde. Können Sie sich einen Reim darauf machen?" George schaute den Polizisten verständnislos an. „Was meinen Sie mit manipuliert?" „Das Ganze war vielleicht kein Unfall", meinte Cooley „Wir haben noch keine gesicherten Beweise, aber die bisher gefundenen Spuren deuten darauf hin." Immer noch verständnislos starrte auf den Uniformträger. „Ich kann mir nicht vorstellen, wer ein Interesse an meinem Ableben haben könnte." „Nun gut, ich werde Sie nicht weiter stören. Falls Ihnen doch noch etwas einfallen sollte, hier ist meine Karte, ich wünsche Ihnen eine rasche Genesung." Cooley war schon längst gegangen, als George immer noch dessen Karte betrachtete. Seine Gedanken überschlugen sich. *Was hat dies zu bedeuten? Irrt sich die Polizei oder ist an deren Verdacht etwas dran? Wenn ja, weshalb?* George schlief wieder ein und sank in einen unruhigen Schlaf mit wirren Träumen.

## 5

„Halo" meldete Astraios. „Hier spricht Zephyros, wir haben versucht, das Problem zu beseitigen. Leider ist der Versuch fehlgeschlagen." Mike Karasiuk hörte, wie sein Gesprächspartner tief Luft holte: „So etwas darf nicht passieren, Sie müssen das Problem so rasch wie möglich definitiv beseitigen. Wir können kein Risiko eingehen!" Mike Karasiuk alias Zephyros nickte, also ob Astraios ihn sehen könnte. „Gut, wird gemacht. Sie hören von mir", sagte er mit gepresster Stimme und knallte den Hörer auf die Gabel der öffentlichen Telefonzelle. Er war wütend. Erstens, weil Philip Muller versagt hatte und zweitens, weil er jetzt bei Astraios in einem schlechten Licht stand. Der zweite Anruf, den Karasiuk tätigte, galt Philip Muller. Es war zwar Nachmittag und es war ein wenig seltsam, wenn sich der CEO und der Sicherheitschef der Firma außerhalb des Firmengebäudes trafen, aber die Sache duldete keinen Aufschub und ein Treffen auf dem Firmengelände war zu heikel. Die Zeit bis zum Eintreffen Philips auf dem üblichen Parkplatz schien dahin zu kriechen. Als Philip endlich zu Mike in den Wagen stieg, war dieser trotz der eingeschalteten Klimaanlage schweißgebadet. *Dieses Schwein sollte wieder mal duschen,* dachte Philip und rümpfte die Nase. „Ich weiß, dass es nicht so gelaufen ist, wie es sollte, aber der Kerl hatte einfach ein Riesenglück", rechtfertigte sich Philip. Mike machte eine Handbewegung, als ob er eine lästige Fliege verscheuchen wollte. „Wir müssen Lösungen haben, nicht Erklärungen und dies bald!", schnauzte er Philip an. „Ich kümmere mich darum, aber solange der Kerl im Krankenhaus liegt, ist es zu riskant, etwas zu unternehmen." „Gut, kümmern Sie sich darum, sobald er wieder daheim ist, das wird nach meinen Informationen heute oder morgen der Fall sein. Und ich werde keinen Misserfolg mehr akzeptieren!" Die Wut auf seinen überheblichen Chef unterdrückend, öffnete Philip die Beifahrertüre und stieg aus dem Auto. Die paar Schritte in der Nachmittagssonne reichten, um ihn zum Schwitzen zu bringen. Als erstes schaltete er deshalb die Klimaanlage seines Wagens ein und richtete das Gebläse nach oben, um sich nicht zu erkälten. Nachdem er sich vergewissert hatte, dass Karasiuk bereits losgefahren war, griff er in das Handschuhfach und schaltete das Aufnahmegerät aus, welches mit einem kleinen Mikrofon gekoppelt war, das er sich auf die Brust geklebt hatte und welches Gespräche per Funk an das Aufnahmegerät sendete. *Wieder eine Absicherung. Wissen ist Macht!* Fluchend riss er sich das festgeklebte Mikrofon und nicht wenige Haare von der Brust.

# 6

George war froh, das Krankenhaus schon so rasch wieder verlassen zu können, es war zu langweilig. Innere Blutungen waren keine festgestellt worden, die Prellungen und die Hirnerschütterung würden genauso von selbst verheilen wie der gebrochene Arm. Er brauchte einfach nur Ruhe. Von einem Taxi ließ er sich nach Hause fahren, humpelte zum Hauseingang und öffnete die Türe. Im Haus roch es muffig. Er öffnete die Fenster im Wohnzimmer und in der Küche und schleppte sich dann ins Esszimmer. Als er an der Wohnungstüre vorbei kam, fiel sein Blick auf die Kommode und ein Gedankenblitz durchzuckte ihn. *Sollte es sein, dass die Testresultate etwas mit dem Unfall zu tun haben?* Mühsam kniete er sich hin aber erst nach mehreren Versuchen gelang es ihm, den Briefumschlag mit den Fotokopien unter der Kommode hervor zu holen. Er blies den Staub vom Umschlag und setzte sich auf den Sessel vor dem Flachbild-Fernseher. Gedankenversunken holte er die Kopien aus dem Umschlag und versuchte, sich auf die Resultate einen Reim zu machen. Aber ohne Erfolg. In der folgenden Nacht schlief er schlecht. Er wälzte sich hin und her und wachte immer wieder auf. Auch die Schmerzen waren einem guten Schlaf nicht förderlich. Die Bilder des Unfalls tauchten immer wieder vor ihm auf. Er würde diese wohl erst verarbeiten müssen. Seine Gedanken bewegten sich im Kreis. Sollten die Testergebnisse tatsächlich etwas mit seinem Unfall zu tun haben, so würde dies bedeuten, dass er weiterhin in Gefahr war. *Aber weshalb?* Er kam zu keinem Schluss, außer dass er die Testresultate in Sicherheit bringen musste. Er stand früh auf, steckte die Kopien wieder in den Umschlag und klebte diesen zu, nicht ohne dass er vorher noch einen kurzen aber netten Begleitbrief geschrieben und beigelegt hatte. Dann beschriftete er ihn mit der Adresse von Caroline Meunier, 22 Rue Véron, 75018 Paris, Frankreich. George hatte Caroline während seines Aufenthaltes in Paris kennengelernt. Sie war eine äußerst fähige und auch äußerst sympathische Laborkollegin, doch leider war sie damals liiert, so dass es zu Georges Bedauern bei einem rein platonischen Verhältnis blieb. Caroline hatte sowohl in Virologie als auch in Molekularbiologie promoviert und beide hatten sich vom ersten Augenblick an sehr gut verstanden. Zu ihr hatte George Vertrauen. Wenn überhaupt irgendjemand herausfinden konnte, was die Resultate zu bedeuten hatten, dann Caroline. Davon war er überzeugt. Außerdem wusste er nicht, wem er bei Pharmalead vertrauen konnte und wem nicht. Er griff zu seinem schnurlosen Telefon und war in diesem Moment sehr froh, ein solches zu besitzen. Jede Bewegung tat immer noch weh. Er wählte die Nummer eines internationalen Kurierdienstes und bat, dass man möglichst rasch jemanden vorbei schicken möge. Bereits nach einer halben Stunde klingelte es an der Türe und ein junger Mann in der gelb-roten Uniform des

Kurierdienstes stand davor. George übergab ihm den Umschlag und bezahlte die Gebühren mit seiner Kreditkarte. Der Kurier sicherte ihm die Lieferung der Dokumente innerhalb der nächsten 48 Stunden zu, stieg in sein Fahrzeug und machte sich, ohne sich an die Geschwindigkeitsbeschränkung im Quartier zu halten, auf zum nächsten Kunden.

Den Rest des Tages verbrachte George damit, im Internet Einkäufe zu tätigen - sein Kühlschrank war leer – und seinen Haushalt so gut es eben in seinem angeschlagenen Zustand ging, in Ordnung zu bringen. Er war müde. Offenbar wirkten die Medikamente, welche er gegen die Schmerzen bekommen hatte, einschläfernd. Bereits um 21.00 Uhr ging George zu Bett und war froh, wieder in seinem eigenen Bett schlafen zu können. Er erwachte, als er spürte, dass sich jemand im Zimmer aufhielt. Vielleicht war es einfach die Präsenz eines Fremden oder ein leises Geräusch, welches ihn Aufwachen ließ. Das kurze Aufblitzen des Mündungsblitzes der SIG-Sauer mit Schalldämpfer war das Letzte, was George in seinem Leben wahrnahm. Den gedämpften Knall, sowie die drei weiteren Schüsse, welche seinen Schädel zersplittern und sein Gehirn an die Wand spritzen ließen, bekam er schon längst nicht mehr mit.

Vorsichtig sammelte Philip Muller die vier leeren Patronenhülsen ein. Nachdem er Georges Brieftasche, seine RADO-Uhr und seine Kreditkarte eingesteckt hatte, schlich er sich aus der Hintertür des Hauses, die er zuvor so leise wie möglich aufgebrochen hatte. Unterwegs hielt Philip auf einem Parkplatz in der Nähe eines kleinen Flusses an, nahm das Magazin der Pistole heraus, entfernte die doch verbleibenden Patronen und steckte diese ein. Dann reinigte er mit einem Lappen die Pistole und das Magazin gewissenhaft, obwohl er die ganze Zeit Handschuhe getragen hatte. Dann legte er die Pistole mitsamt Magazin und den vier Patronenhülsen in eine Schachtel aus Blei und verschloss diese. Er lief runter zum Fluss und warf die Schachtel mit einem großen Schwung in die Flussmitte, wo diese augenblicklich versank. Langsam ging er zurück zum Parkplatz und öffnete die von der Straßenseite abgewandten Türen des Autos. Zwischen den beiden Türen entledigte er sich des dunkelblauen Ganzkörper-Overalls mitsamt Kapuze, der Schuhschoner und der Handschuhe. Alles verstaute er zusammen mit Georges Brieftasche, der Kreditkarte, sowie der Uhr in einer Kunststoff-Tüte. Dann ging er zum Kofferraum des Wagens und holte einen Benzinkanister sowie einen kleinen Feuerlöscher hervor. Er legte die Tüte auf den Kiesboden, übergoss diese mit Benzin und zündete sie an. Augenblicklich schoss eine Stichflamme empor, und im Umkreis von einigen Metern wurde alles erhellt. Philip wartete, bis vom Inhalt nur noch eine undefinierbare Masse übrig geblieben war und löschte dann das Feuer mit dem Handfeuerlöscher, den er anschließend wieder im Kofferraum verstaute. *Da werden die Forensiker Einiges zu tun haben und trotzdem nichts finden.* Müde machte er sich auf den Heimweg.


# 7


Ruth schaute auf ihre Armbanduhr, welche sie zur Verlobung von George geschenkt bekommen hatte. Es war bereits kurz vor 10.00 Uhr Morgens und George hatte sich immer noch nicht gemeldet. Sie hatten vereinbart, bis zu Georges Genesung täglich zu telefonieren, wenn es ihr nicht möglich war, ihn zu besuchen. Zum dritten Mal versuchte sie, ihn zu erreichen, sowohl auf seinem Hausanschluss als auch auf seinem Handy. Beide Telefone klingelten zwar, aber George antwortete nicht. Um 12.00 Uhr wurde Ruth langsam unruhig. Es war sonst nicht Georges Art, sich einfach nicht zu melden oder Anrufe nicht entgegen zu nehmen. Um 15.00 Uhr war sie sehr beunruhigt, beschloss aber, bis zum Feierabend weiter zu arbeiten. Nach Feierabend setzte sie sich in ihr Golf-Cabriolet und fuhr zu Georges Haus. Sie musste ein wenig suchen, denn es war einige Zeit her, dass sie ihn zum letzten Mal besucht hatte, normalerweise trafen sie sich bei ihr zu Hause. Sie parkte in der Einfahrt vor der Garage, stieg aus und klingelte. Alles blieb ruhig. Auch auf Klopfen an der Haustüre reagierte niemand. Sie lief um das Haus herum und blickte durch die Fenster in das Innere des Hauses, aber keine Spur von George. Auf der Rückseite des Hauses sah auf den ersten Blick auch alles normal aus. Aber da bemerkte sie, dass die Hintertüre aufgebrochen worden war. Ihr Herz begann schneller zu schlagen. Sie stieß die Türe auf und spürte ihre Aorta pulsieren, als sie langsam durch die unteren Räume des Hauses schritt und Georges Namen rief. Zögernd stieg sie die Treppe hinauf. Die Türe zu Georges Schlafzimmer stand offen. Sie betrat den abgedunkelten Raum und sah George auf dem Bett liegen. Sie wollte gerade seinen Namen rufen, als sich ihre Augen an die Dunkelheit gewöhnt hatten. Ihr wurde übel, als sie George mit seinem zerschmetterten Kopf in einer riesigen dunklen Blutlache auf dem Bett liegen sah. Zitternd lief sie die Treppe hinunter und stürzte ins Freie, wo sie sich übergeben musste.

Es war bereits dunkel, als Ruth endlich Zuhause war. Die Einvernahme durch die Polizei, welche sie nach ihrer grauenhaften Entdeckung gerufen hatte, dauerte rund zwei Stunden und der Amtsarzt musste ihr eine Beruhigungsspritze verabreichen. Ein Polizist fuhr sie anschließend netterweise in ihrem Wagen nach Hause. Immer wieder kreisten ihre Gedanken um George. *Wer war nur in der Lage, so etwas Schreckliches zu tun?* Laut Polizei fehlten Georges Brieftasche, seine

Kreditkarte und offenbar auch eine Armbanduhr, wie sich anhand der weißen Stelle an Georges Handgelenk erkennen ließ. Die Polizei ging von einem Raubmord aus. Nur dank einer Schlaftablette sank Ruth in dieser Nacht in einen unruhigen Schlaf.

## 8

„Hallo Astraios, hier Zephyros", sprach Mike am darauffolgenden Morgen in den Hörer des öffentlichen Telefons. „Ich wurde soeben darüber informiert, dass unser Problem definitiv beseitigt wurde." Mike hörte einen erlösenden Seufzer am anderen Ende. „Sehr gut Zephyros, ich bin froh für uns alle, dass wir das so rasch regeln konnten. Bis zum nächsten Mal." Mike wartete noch, bis er das Klicken hörte, welches signalisierte, dass sein Gesprächspartner aufgelegt hatte und hängte dann den Hörer ebenfalls ein. Bevor er die Telefonzelle verließ, reinigte er wie immer die Tastatur und den Hörer mit einem Taschentuch. *Vielleicht ist das ein wenig übertrieben, aber in diesem Fall schadet zu viel Vorsicht sicher nicht.*

Mike Karasiuk berief eine kurzfristige Versammlung der Geschäftsleitung, sowie der Mitarbeiter von George Schmidt ein. „Ich habe die traurige Pflicht, Sie über den tragischen Tod von unserem geschätzten Mitarbeiter George Schmidt in Kenntnis zu setzen. Seine Assistentin Ruth hat ihn gestern Abend tot in seinem Haus aufgefunden. Zu den Umständen seines Todes möchte ich mich nicht äußern. Ruth habe ich angeboten, ein paar Tage frei zu nehmen, aber sie zieht es vor, wie üblich zu arbeiten. Sie wird heute Nachmittag zur Arbeit erscheinen und ich bitte Sie alle, möglichst behutsam mit ihr umzugehen." Er beantwortete noch ein paar Fragen zu organisatorischen Abläufen und verabschiedete die Versammelten nach einer guten Viertelstunde.

Um 14.00 Uhr erschien Ruth an ihrem Arbeitsplatz. Sie sah krank aus und die Augenringe ließen darauf schließen, dass sie in der vergangenen Nacht nicht gerade viel geschlafen hatte. Kaum hatte sie ihren Computer gestartet erschien auch schon Philip Muller. „Hallo Ruth, ich hoffe es geht einigermaßen", begrüßte er sie. Ruth hatte keine Lust auf eine Unterhaltung und nickte nur kurz. „Wie kann ich helfen?" „Ich soll Georges Unterlagen mit den Testresultaten holen und zu Mike bringen, können Sie mir bitte zeigen, wo er sie aufbewahrt? Sie wissen ja, ist ja alles streng geheim", zwinkerte er ihr zu. Ruth reagierte nicht auf sein unpassendes Zwinkern und führte ihn in Georges Büro. „Mit Ausnahme dieser neusten Testresultate ist alles im Computer gespeichert, der im Labor steht. Schriftlich haben wir hier normalerweise aus Sicherheitsgründen nichts. Und wenn George dazu gekommen wäre, hätte er auch diese Papiere vernichtet." „Danke Ruth, das war's dann auch schon für den Moment." Er war schon fast bei der Türe, als er sich nochmals umdrehte „Sind das alle Unterlagen über die neusten Testresultate?" Ruth überlegte kurz und legte dabei, so wie sie es immer machte wenn sie nachdachte, ihre Stirn in Runzeln. „Ja, ich denke schon – obwohl – jetzt erinnere ich mich gerade, dass ich ja für George Kopien der Resultate machen musste. Ich denke, er hat sie mit nach Hause genommen." Philip spürte, wie sich seine Nackenhaare sträubten. „Danke Ruth und bis bald." Mit erhöhtem Puls aber mit gemäßigtem Schritt um nicht aufzufallen ging Philip zu Mikes Büro und meldete sich bei seiner Assistentin an. Mike ließ Philip sofort herein bitten und klopfte ihm, als er die Türe hinter sich geschlossen hatte, auf die Schulter. „Du hast einen guten Job gemacht, gratuliere" flüsterte er. Philip nickte. „Ja schon, trotzdem haben wir ein Problem" und reichte Mike die Testresultate. Mike zog erstaunt die Augenbrauen hoch. „Was denn noch?" „George hat Kopien davon gemacht. Vermutlich hat er sie mit nach Hause genommen." Mike schlug mit der Faust auf den Tisch „Mist! Und was jetzt?" „Ich muss nochmals rein, ich werde das heute Nacht gleich erledigen. Ich muss nur aufpassen, weil sein Haus ja versiegelt ist." „Gut", nickte Mike, „Mach es sauber und schnell, ich verlasse mich auf dich." Philip verließ Mikes Büro und sah gerade, wie

Dans Sekretärin Patricia gerade den Lippenstift neu auftrug. Philip grinste. *Ach Püppchen, das ist völlig unnötig, in ein paar Minuten ist er ohnehin wieder verschmiert.*

## 9

Philip trug wieder einen dunklen Ganzkörper-Overall, Handschuhe und Schutzhüllen für die Schuhe. Die Siegel der Polizei hatte er schnell durchschnitten und da das Schloss der Hintertüre noch nicht repariert worden war, konnte er Georges Haus problemlos betreten. Rund vier Stunden dauerte es, bis er alles durchsucht hatte, aber die Unterlagen blieben unauffindbar. Der einzige Hinweis war die Quittung eines Kurierdienstes, welchen er auf der Kommode neben der Eingangstüre gefunden hatte. *Vielleicht hilft sie ja weiter.* Er steckte den Beleg ein und beeilte sich, um das Haus um das Quartier noch bei Dunkelheit verlassen zu können. Mit dem Overall und den Handschuhen verfuhr er wieder gleich wie in der Nacht zuvor.

Am anderen Morgen studierte Mike die Quittung des Kurierdienstes, die Philip ihm übergeben hatte. „Wie bekommen wir heraus, was George an

wen geschickt hat? Auf dem Beleg ist nur eine Ver-
folgungsnummer, aber kein Adressat vermerkt."
Philip schaute gleichgültig. „Lassen Sie mich das
machen, Mike, ich kenne jemanden, der bei diesem
Kurierdienst in der Filiale in San Francisco arbeitet. Er kann mir sicher weiterhelfen." Eine Stunde
später stand Philip vor Mikes Büro. Gut zehn Minuten musste er davor warten, weil auf der kleinen
Anzeige neben der Türe „besetzt" stand. Die Türe
öffnete sich und Patricia, die Assistentin von Dan
kam lächelnd heraus. „Ich habe einen Namen
Mike. George hat irgendwelche Dokumente, insgesamt fast 600 Gramm, an eine Caroline Meunier
in Paris geschickt. Ich habe Ihnen hier alles aufge-
schrieben." „Danke für die schnelle Arbeit, Philip.
Ich kümmere mich um den Rest", murmelte Mike
nervös. Kaum hatte Philip sein Büro verlassen,
griff Mike zu seinem Jackett, welches er über die
Sessellehne gehängt hatte und verließ sein Büro.
Im Vorzimmer wandte er sich zu seiner Assistentin: „Ich bin für die nächste Stunde weg und auch
nicht erreichbar." „In Ordnung Mike", sagte sie ni-
ckend und beschäftigte sich wieder mit ihrem Computer. *Sie ist eine mittelmäßige Arbeitskraft, aber
dafür hat sie andere Qualitäten,* dachte Mike.

Auf dem Weg zur Telefonzelle überlegte Mike,
wie er Astraios den neuerlichen Rückschlag erklären soll. *Er wird keine Freude daran haben.* Als er
bei der Telefonzelle ankam, war sein Hemd trotz
der auf Höchstleistung eingestellten Klimaanlage
im Auto durchgeschwitzt. Er fischte den Zettel heraus, auf welchem ihm Philip den Namen und die

Adresse der Empfängerin der Dokumente aufge-
schrieben hatte. *Verdammt, wie spricht man das
nur aus?* Astraios meldete sich bereits nach dem
ersten Klingeln, als ob er auf den Anruf gewartet
hätte. Mike erzählte ihm, was vorgefallen war.
„Gut, Zephyros. Ich kümmere mich darum, unternehmen Sie im Moment nichts weiter. Ich werde
Ares bitten, sich der Sache anzunehmen." Wie immer hängte er ohne sich zu verabschieden auf.


# 10


Caroline Meunier blinzelte von ihrem Bett aus
in die Morgensonne von Cavalaire-sur-Mer an der
Côte d'Azur. Sie hatte lange auf diese Auszeit gewartet und dass ihr Arbeitgeber mit dem Sabbati-
cal einverstanden war, war nicht selbstverständlich. Sie hatte sich vorgenommen, die zwölf Monate
intensiv zu genießen und hatte deshalb eine kleine
Wohnung in Cavalaire angemietet. Ihre eigene
Wohnung in Paris hatte sie für diese Zeit an die
belgische Studentin Marie Labelle untervermietet,
welche ihr Studium an der Sorbonne absolvierte.
Ihre Wohnung zu kündigen wäre leichtsinnig gewesen, es war so schwierig, in Paris eine bezahl-
bare Wohnung zu finden. Sämtliche Post wurde
während diesen 12 Monaten von Paris nach Cavalaire weitergeleitet und dank dem Handy war die
telefonische Erreichbarkeit ja auch kein Problem.

Sie duschte, kleidete sich an und machte sich auf den Weg in das Café um die Ecke, wo sie fast jeden Tag das Frühstück einzunehmen pflegte. Sie genoss es, draußen auf der Terrasse sitzen zu können, ohne durch Lärm und Abgase beim Essen gestört zu werden. Nach dem ausgedehnten Frühstück ging sie gemächlich zurück in Ihre Wohnung. Die alte Concierge im Erdgeschoss, Caroline vermutete, dass sie schon zu Zeiten Napoleons Concierge war, hielt gerne einen kleinen Schwatz ab. Einerseits sicher aus Langeweile, andererseits aber auch, um immer auf dem Laufenden zu sein. Sie händigte Caroline jeweils auch ihre Briefsendungen aus, diesmal war es eine ganze Menge. Caroline seufzte. Hoffentlich hatte Marie auch die Rechnungen für Strom und Wasser bezahlt, wie es ausgemacht war. Es waren zwar ein paar Rechnungen dabei, aber tatsächlich nur solche, die sie auch selber betrafen. Den großen schweren Umschlag hatte sie sich für zuletzt aufgehoben. Erst jetzt bemerkte sie, dass dieser nicht mit normaler Post, sondern mit einem Kurierdienst zugestellt wurde. Offenbar hatte Marie dem Kurier ihre Adresse in Cavalaire mitgeteilt. Die Sendung kam aus den USA und der Absender war ihr guter Freund George! Sie hatte lange nichts mehr von ihm gehört und hatte sich schon überlegt, ob er eventuell nichts mehr von ihr wissen wollte, weil sie ihn damals hatte abblitzen lassen. Aber damals war sie eben noch liiert, jetzt war die Situation wieder anders. Sie riss den Umschlag auf und zog den

Stapel Papiere mitsamt einem Begleitbrief heraus und begann zu lesen:

*Liebe Caroline*

*Wenn Du diese Zeilen liest und vor dem Erhalt dieser Nachricht nichts von mir gehört hast, so bin ich nicht mehr am Leben. Es würde zu lange dauern, dir hier alles ausführlich zu schildern, nur so viel: Ich hatte einen Autounfall, der vermutlich keiner war. Am Bremssystem und am Getriebe meines Wagens wurde manipuliert. Ich weiß nicht weshalb, aber ich vermute, dass dies im Zusammenhang mit den beiliegenden Testresultaten steht, es gibt sonst keinen anderen ersichtlichen Grund. Keine eifersüchtigen Ehemänner, keine rachsüchtigen Ex-Freundinnen, nichts! Es handelt sich um die Testresultate der letzten sechs Monate. Diese sind natürlich streng geheim und ich hätte sie dir niemals schicken dürfen. Aber ich werde einfach nicht schlau. Alle Resultate stimmten mich optimistisch aber vor ein paar Tagen, von einem Tag auf den anderen, waren sie plötzlich enttäuschend. Irgendetwas stimmt nicht. Ich habe auch überprüft, ob jemand auf das System zugegriffen und die Resultate manipuliert hat. Von außen ist dies nicht möglich und außer einem Server-Neustart, was regelmäßig vorkommt, konnte ich nichts feststellen.*

*Trotzdem denke ich, dass jemand die Daten abge-*
*ändert hat, aber frage mich nicht wer und weshalb,*
*ich habe keine Ahnung. Ich kann es auch nicht*
*schlüssig beweisen, aber vielleicht findest Du ja an-*
*hand der Daten etwas heraus? Wenn ja, dann*
*musst Du sehr aufpassen, denn offenbar sind hier*
*Mächte im Spiel, die vor nichts zurückschrecken.*

*Take care, es war schön, dich zu kennen!*

*George*

Caroline rannen die Tränen über die Wangen
und sie schluchzte. Konnte es denn möglich sein?
Ungeachtet der Zeitdifferenz, in Los Angeles war
es kurz vor zwei Uhr Nachts, griff sie zum Handy
und wählte Georges Handy-Nummer. Sie ließ es so
lange klingeln bis sie den Ansagetext seiner Combox hörte, versuchte es dann noch einmal und noch
einmal. Danach versuchte sie, George auf seinem
Privatanschluss zu erreichen und ließ es dreimal
jeweils so lange klingeln, bis die Leitung abgebro-
chen wurde. Immer noch weinend und zitternd fiel
sie aufs Bett und krümmte sich dort in der Fötus-
Haltung, das Kopfkissen umklammernd.

Marie Labelle war spät dran. Wenn sie noch rechtzeitig zu ihrer Vorlesung kommen wollte, musste sie sich beeilen. Obschon sie in Eile war, wartete sie beim Zebrastreifen brav, bis die Ampel grün zeigte und marschierte dann los. Aus den Augenwinkeln sah sie noch den großen Schatten auf sie zurasen, doch es war zu spät für eine Reaktion. Der weiße 20-Tonnen Lastwagen erfasste Marie und die hintere Doppelachse mit Zwillingsrädern sorgte dafür, dass sie sicher nicht überlebte. Zeugen des Unfalles blieben ungläubig stehen und blickten dem Lastwagen nach, der weiterfuhr also ob nichts geschehen wäre. Die Einvernahme der Zeugen durch die Polizei ergab, dass der Lastwagen weder beschriftet, noch dass der Fahrer zu erkennen war. Die Nummernschilder waren ein paar Stunden zuvor als gestohlen gemeldet worden.

Maurice Tabords Mobiltelefon klingelte und er griff zum Hörer: „Halo?" „Hallo Astraios, hier ist Ares." „Ich höre?" „Ich wollte Ihnen nur mitteilen, dass Caroline Meunier heute bei einem bedauerlichen Verkehrsunfall ums Leben gekommen ist." „Danke für die Mitteilung Ares, bitte kümmern Sie sich jetzt noch um ihre Hinterlassenschaften." Tabor beendete das Gespräch wie immer ohne jeden weiteren Gruß.

Danach wählte eine Nummer in den USA und freute sich insgeheim, Zephyros auch mal aus dem Bett klingeln zu können. „Zephyros, hier Astraios. Ich wollte Ihnen mitteilen, dass unsere Freundin in Paris bei einem Verkehrsunfall ums Leben gekommen ist." Eine Antwort von Karasiuk wartete er nicht ab.

Ares stand vor der Wohnungstüre von Caroline Meunier in der Rue Véron. *Bis jetzt lief ja alles rund, und die Wohnungstüre ist auch kein Problem.* Geschickt öffnete er mit einem Dietrich das Schloss und huschte rasch in die Wohnung. Er musste sich beeilen, denn die Polizei könnte bald auftauchen. So rasch es ging, durchsuchte er die kleine Wohnung, aber außer vielen Büchern und Unterlagen über Politikwissenschaften war nichts Brauchbares dabei. *Politikwissenschaften? Ich dachte sie war Biologin oder so was.* Zufälligerweise blickte er aus dem Fenster auf die Straße und sah, wie gerade ein Streifenwagen vor dem Haus hielt. *Verdammt! Ich muss verschwinden.* Er riss die Türe auf, schloss sie hinter sich und machte sich daran, sie mit dem Dietrich wieder zu verschließen. Bereits hörte er das Geräusch des sich in Bewegung setzenden Fahrstuhls. *Nur nicht ablenken lassen.* Endlich hörte er das Klicken des Türschlosses. Rasch stieg er die Treppe zum nächsten Stockwerk empor und drückte dort auf den Fahrstuhlknopf. Er hörte, wie sich ein Stockwerk unter ihm die Fahrstuhltür öffnete und sich mindestens drei Männer unterhielten. Dann machten sie sich an der Wohnungstüre von Caroline Meunier zu schaffen. Als der Fahrstuhl endlich bei ihm ankam, stieg er rasch ein, drückte die Taste für den Keller und verließ das Gebäude durch die Tiefgarage ohne von jemandem gesehen worden zu sein.

„Hallo Astraios, hier Ares. Die Verunfallte hat nichts hinterlassen." „Sind Sie sicher?" „Absolut! Und außerdem war es fast schade um die Kleine, ich mag Blondinen." „Wieso Blondine? Die Kandidatin war dunkelhaarig", stieß Astraios gedehnt hervor.

Astraios war nervös. Es musste dringend etwas unternommen werden, nur was? Die Gruppe, bestehend aus hochrangigen Repräsentanten von spezialisierten Pharmafirmen, der US-Firma Pharmalead, der Englischen Firma Pharmanova, der Russischen Firma Sibir Pharma, der Schweizer Firma Artiantiquus, und der von Tabord alias Astraios repräsentierten Firma Laboratoires Etoiles, musste unbedingt besprechen, wie weiter vorzugehen sei, um ihr Ziel zu erreichen. Aber per Telefon war das zu heikel, sie mussten sich diskret treffen. Seit des bald zwanzigjährigen Bestehens der Gruppe, war es erst das dritte Mal, dass sich deren Mitglieder persönlich trafen. Für die nächsten zwei

Stunden war Astraios mit Telefonaten beschäftigt.
Er tat dies ebenfalls von einer Telefonzelle aus und
fluchte, weil er für die Anrufe seine Kreditkarte
nicht benutzen durfte, sondern den Apparat mit
entsprechend viel Kleingeld füttern musste. Aber
schlussendlich hatte er alle Mitglieder der Gruppe
erreicht. Mike Karasiuk alias Zephyros aus den
USA, Robin Powley alias Skiron aus England, Oleg
Pravko alias Euros aus Russland und Erich Meister alias Apheliotes aus der Schweiz. Man hatte
sich darauf geeinigt, sich in vier Tagen in Zürich
zu treffen. Apheliotes, würde sich um die Organi-
sation des Treffpunktes kümmern und die Mitglieder über verschlüsselte E-Mails über die Einzelheiten informieren.


12


Caroline Meunier erwachte am späten Nachmittag. Nach ihrem Weinkrampf war sie erschöpft in
einen unruhigen Schlaf gefallen. Wirre Träume
hatten sie darin verfolgt. Nach einer kalten Dusche
fühlte sie sich zwar ein wenig besser, aber innerlich war sie leer. Sie setzte sich auf das zerwühlte
Bett und las nochmals Georges Brief noch einmal
durch. Dann nahm sie die Unterlagen zur Hand
und studierte sie bis sie merkte, dass sie hungrig
und durstig war. Kein Wunder, sie hatte seit dem
Frühstück nichts mehr zu sich genommen und es

war schon halb acht Uhr abends. Sie schaltete den Fernseher ein, zog sich um und schminkte sich während sie die Abendnachrichten mehr hörte als sah. Die aktuellen Meldungen über die Situation im Mittleren Osten, die bevorstehenden Präsidentschaftswahlen in Frankreich und dann noch einige Kurzmeldungen aus Paris. „Heute Vormittag wurde in der Nähe der Universität Sorbonne eine belgische Studentin von einem Lastwagen überfahren, der anschließend Fahrerflucht beging. Die Studentin kam dabei ums Leben. Der Fahrer des Lastwagens konnte bisher nicht ermittelt werden. Die Polizei bittet um sachdienliche Hinweise.", hörte Caroline die Sprecherin sagen und starrte auf den Bildschirm, wo zuerst das Foto der blonden Marie Labelle und dann eine Aufnahme des weißen Lastwagens, aufgenommen von einer Verkehrsüberwachungskamera, gezeigt wurden. Caroline setzte sich zitternd auf das Bett. *War das ein Zufall? Wenn nein, warum Marie? Wer und was steckt hinter alledem? Hatte man Marie mit mir verwechselt, weil sie in meiner Wohnung wohnte?* Caroline überlegte angestrengt. George hatte Recht, sie musste aufpassen. Sie schaltete den Fernseher aus, packte eine kleine Reisetasche mit dem Nötigsten und steckte sowohl die Testresultate als auch Georges Brief zurück in den Umschlag. Sie blickte sich nochmals in dem kleinen Appartement um und schloss dann die Türe hinter sich ab bevor sie mit dem Fahrstuhl ins Erdgeschoss fuhr. Dort klingelte sie die Concierge heraus. „Entschuldigen Sie, Madame. Ich weiß, dass Sie in Ihrem Büro eine

Kopiermaschine haben. Darf ich sie benutzen?" Die Concierge nickte unwillig und machte Platz, damit Caroline sich an ihr vorbeizwängen konnte. Sie mochte es nicht, wenn die Mieter zu dieser Zeit noch etwas von ihr wollten, schließlich lief ihre Lieblingssendung im Fernsehen und diese wollte sie auf keinen Fall verpassen. Die Concierge zeigte Caroline die Kopiermaschine und verschwand zurück ins Wohnzimmer. *Soll mir recht sein, umso besser so.* Caroline brauchte lange, da sie jede Seite einzeln kopieren musste. Zum Glück war genügend Papier vorhanden. Nach einer guten halben Stunde war sie dann doch soweit, machte auch noch eine Kopie ihres Reisepasses und von Georges Brief. Dann schob sie die Kopien in einen fleckigen Umschlag, den sie herumliegen sah. Mit einem säuerlichen Lächeln, sie hatte wegen Caroline eine Schlüsselszene verpasst, quittierte die Concierge das Geld, welches ihr Caroline für die Benutzung des Kopierers und für den Umschlag überreichte. Die Concierge öffnete die Tür und Caroline fühlte sich förmlich hinausbefördert. Aus ihrer Handtasche holte Caroline einen Stift und beschriftete den fleckigen Umschlag mit „Caroline Meunier, postlagernd, Hauptpostamt Marseille." Statt eines Absenders brachte sie in der linken oberen Ecke den Vermerk an: „Bei Nichtabholung bitte an die Staatsanwaltschaft Marseille senden." Den Umschlag, den sie von George erhalten hatte schob sie zuunterst unter ihre Wäsche in der Reisetasche. Die Quittung der Concierge warf sie in den nächsten Abfalleimer. *Nichts darf darauf hinweisen, dass noch weitere Kopien existieren.* Dann lief sie zum inzwischen geschlossenen Postamt und studierte die Tariftabelle um herauszufinden, wieviel es kostete, den Umschlag nach Marseille zu schicken. *Wieviel der Umschlag wohl wiegt? 500 Gramm, 600 Gramm oder noch mehr? Egal, Hauptsache er kommt an.* Am Automaten löste sie eine Frankatur, die auch für eine Sendung von zwei Kilos gereicht hätte, klebte sie auf den Umschlag und warf diesen in den offiziellen Briefkasten der Post. Dann machte sie sich auf zur Bank und hob mit ihrer Kundenkarte 2'000 Euro ab. Mehr konnte sie auf einmal nicht beziehen. Weitere 2'000 Euro bezog sie mit ihrer Kreditkarte. *Geld habe ich wenigstens für die nächste Zeit genug und Bargeld hinterlässt keine Spuren.* Danach ging sie einige Hundert Meter entlang der Hauptstraße bis zur Busstation. Dort wartete sie rund eine Stunde bis der letzte Bus mit Ziel Cannes losfuhr. Erschöpft ließ sie sich in den bequemen Sitz fallen, neben sich ihre Reisetasche mit dem Briefumschlag von George.

## 13

Die Mitglieder der Gruppe hatten sich darauf geeinigt, sich im Zentrum von Zürich zu treffen. Zürich, weil diese Stadt für alle einfach zu erreichen war. Erich Meister, alias Apheliotes, war ein gewissenhafter Mann. Er überließ nichts dem Zufall und erledigte alles Organisatorische selbst. Er reservierte in einem etwas heruntergekommenen Wirtshaus ein Hinterzimmer als Sitzungszimmer „für eine Vereinsversammlung", wie er dem Wirt erklärte. Für sich selbst reservierte er kein Hotelzimmer, denn der Weg von seinem Wohnort Basel nach Zürich war kurz.

Sämtliche Mitglieder erhielten die Koordinaten des Treffpunkts von Apheliotes mit einer verschlüsselten E-Mail, auch Mike Karasiuk. *Vielleicht wäre es nicht schlecht, Philip in der Nähe zu haben.* Er drückte auf den roten Knopf der Gegensprechanlage und rief Patricia zu sich die nun für ihn und nicht mehr für Dan arbeitete. Als sie die Türe hinter sich geschlossen hatte begann sie, ihre Bluse zu öffnen. „Jetzt nicht", winkte er ab. Beinahe beleidigt begann sie, die Bluse wieder zuzuknöpfen „Du musst zwei Flüge reservieren, aber bitte diskret! Einmal für mich, erster Klasse nach Stuttgart/Deutschland via Frankfurt und einmal dasselbe für Philip Muller, aber Holzklasse!" Mike spürte nun doch, wie sich Klein-Mike regte, also fügte er hinzu: „Aber da Du schon mal hier bist, wie wär's mit einer kleinen Zwischenverpflegung für dich?" Patricia lächelte, *wusste ich es doch, diese Chefs sind alle gleich!* und kümmerte sich auf ihren Knien um den Hormonhaushalt ihres Vorgesetzten, was sie gerne tat, denn es sicherte ihr ein phänomenales Einkommen. Was waren da schon ein paar Minuten auf den Knien?

## 14

Caroline war todmüde, als sie nach Mitternacht endlich in Cannes ankam. Der Bus hatte oft angehalten und eine Ewigkeit für die relativ kurze Strecke gebraucht. Die ganze Geschichte war anstrengend und mit den Dokumenten in der Tasche war an Schlaf im Bus nicht zu denken. *Und jetzt? Wohin?* Sie kannte sich in Cannes nicht gut aus und um diese Zeit in einem Hotel unterzukommen war nicht so einfach. Die teuren Hotels an der Promenade wollte sie meiden. Sie beschloss, sich ein wenig in den Nebenstraßen umzusehen, Ihre Reisetasche immer fest umklammernd. Sie hatte Glück, denn schon bald erkannte sie das Schild einer von außen ansprechenden Pension. Allerdings war alles dunkel. *Na ja, versuchen kann ich es ja trotzdem.* Sie wollte eben klingeln, als sie jemand von hinten am Arm berührte. Sie erschrak fürchterlich, denn sie hatte niemanden nähern gehört. „Entschuldigen Sie, ich wollte Sie nicht erschrecken. Ich bin Robert Masson, der Sohn des Besitzers dieser Pension und ich bin eben erst nach Hause gekommen." Es dauerte einige Augenblicke, bis sich Caroline vom Schrecken erholt hatte. „J.. J.. Ja..", stotterte sie – „ich brauche ein Zimmer."

„Kein Problem", meinte Robert „Im Moment ist nicht viel los." *Wie auch sonst nicht,* dachte er ein wenig deprimiert. Robert war ein freundlicher Mittvierziger, schon ein wenig angegraut, nicht eben groß gewachsen aber sehr freundlich und respektvoll. Er zeigte Caroline einige Zimmer und sie entschied sich für ein hübsches Eckzimmer mit eigenem Bad. Dieses Zimmer kostet 60 Euro pro Nacht, aber wenn Sie länger als eine Woche bleiben, kann ich Ihnen entgegen kommen." „Ich weiß noch nicht, wie lange ich bleiben werde, aber ich bin einverstanden." Caroline wollte nur noch ins Bett. Aber es war wichtig und ihrer Meinung nach auch richtig gewesen, so rasch wie möglich von Cavalaire wegzugehen. Erschöpft schlief sie rasch ein. Ihr Schlaf war jedoch unruhig. In ihren Träumen wurde sie von einem Lastwagen verfolgt, der sie überfahren wollte. Immer wieder wachte sie auf und horchte, ob sie ein verdächtiges Geräusch hörte. *Ich werde langsam paranoid.* Erst gegen Morgen sank sie in einen Tiefschlaf.

## 15

Außer Erich Meister reiste keines der Mitglieder der Gruppe direkt nach Zürich. Maurice Tabor alias Astraios reiste mit dem TGV zuerst nach Bern, obwohl es eine Direktverbindung nach Zürich gegeben hätte. In Bern ging er zum Ticket-schalter und kaufte sich eine Fahrkarte nach Zü-rich. Er bezahlte bar und fuhr, entgegen seiner üb-lichen Gewohnheit, zweiter Klasse. Er hasste das. *Lauter Proletarier*, dachte er herablassend.

Robin Powley, alias Skiron, das englische Mit-glied der Gruppe, reiste mit dem Wagen seiner Frau an. Die lange Autofahrt hätte ihm eigentlich nichts ausgemacht, denn er fuhr gerne Auto. Aber den Wagen seiner Frau mochte er nicht. Er war klein, laut und hatte kein Automatikgetriebe. Trotzdem hielt er es für besser, nicht seinen auffäl-ligen, da sehr teuren, Wagen zu benützen. Er fuhr über Basel bis nach Aarau und bezog dort ein Zim-mer in einem Bed & Breakfast. Dann ging er zu Fuß zum Bahnhof und stieg dort in den Zug Rich-tung Zürich. Als er den Eisenbahnwagen in der Mitte des Zuges durchschritt, sah er Astraios al-leine in einem Viererabteil sitzen. Sie sahen sich kurz an, beachteten sich aber nicht weiter. Nie-mand hätte gemerkt, dass sie sich bereits kannten. Robin ging weiter in den nächsten Wagen und setzte sich ebenfalls alleine in ein Viererabteil. *Um diese Uhrzeit hat es zum Glück genügend Platz.*

Oleg Pravko, alias Euros, flog von Moskau zum internationalen Flughafen Basel-Mulhouse. Von dort aus nahm er ein Taxi und ließ sich nach Zürich chauffieren. Das kostete zwar eine Stange Geld, aber sein Arbeitgeber bezahlte ja sämtliche Spesen.

Mike Karasiuk alias Zephyros reiste zusammen mit Philip Muller von Stuttgart nach Zürich mit dem Zug, diesmal beide in der ersten Klasse. In Zürich angekommen gingen Sie zu Fuß zum See. Dort wartete Philips Freund Sebastian mit einem Päckchen, welches er Philip überreichte. Die beiden kannten sich aus der gemeinsamen Zeit bei der Armee. Nach einer kurzen Unterhaltung setzten sich Mike und Philip in ein Taxi und ließen sich zu einem kleinen Hotel in der Innenstadt Zürichs, welches Mike Karasiuk unterwegs mit seinem Smartphone ausfindig auch gleich ein Zimmer für Philip reserviert hatte. Für sich hatte er ein anderes Hotel, ein paar hundert Meter weiter und ein paar hundert Franken teurer, gewählt. In seinem Zimmer angekommen, machte sich Philip ein wenig frisch und zog sich um. Dann öffnete er das Päckchen, welches ihm Sebastian übergeben hatte und entnahm ihm eine großkalibrige Pistole samt Munition, Schulterholster und passendem Schalldämpfer. Er zog das Schulterholster an, passte es an seine Körpermaße an, steckte dann die Pistole hinein und schlüpfte in sein Jackett. Nur ein geübter Blick erkannte die leichte Ausbuchtung unter der linken Schulter. Er stecke den Schalldämpfer in die Innentasche seine Jacketts und verließ sein Zimmer. Als Philip vor das Hotel trat, wartete Mike bereits auf ihn. Zusammen ließen sie sich von

einem Taxi in die Nähe des vereinbarten Treffpunktes fahren. „Du wartest dort" sagte Mike mit
befehlerischen Ton und deutete auf ein kleines
Café, mit einigen Tischchen auf der Terrasse und
einem freien Blick auf das Wirtshaus, wo das Treffen der Gruppe stattfinden würde. „Wenn etwas
passiert, lasse ich dein Handy einmal klingeln,
dann kommst Du sofort hoch ins erste Stockwerk.
Halte dich bereit, man weiß nie."


Erich Meister, alias Apheliotes, war schon früh
in seinem Wagen nach Zürich gereist, er wollte gut
vorbereitet sein. Mit sich führte er einen kleinen
Koffer, den ihm der Sicherheitschef von Artiantiquus mitgeben hatte. Als er in der Kneipe in der
Zürcher Altstadt eintraf, ließ er sich vom Wirt ins
Hinterzimmer im ersten Stockwerk führen. Es gab
einen Sitzungstisch mit insgesamt acht Stühlen
und zwei Fenstern, aus welchen man in einen
dunklen, nach altem Frittier Öl riechenden Hinterhof hinunter schauen konnte. Die Örtlichkeiten
waren ideal. Niemand würde je so eine Versammlung hier vermuten. *Trotzdem, wir können nicht
vorsichtig genug sein.* Er legte den Koffer auf den
Tisch und öffnete ihn. Ein elektronisches Gerät mit
einem kleinen Bildschirm und einem mikrofonähn-
lichen Stab kam zum Vorschein. Er schaltete den
Apparat ein. Auf dem Bildschirm erschien eine ho-
rizontale Linie. Er zog das Gerät am Haltegriff aus
dem Koffer und nahm den Stab, welcher mit einem
Kabel damit verbunden war, in die andere Hand.

Langsam begann er, Zentimeter für Zentimeter des Raumes mit dem Stab nach Wanzen abzusuchen. Nach eineinhalb Stunden hatte er seine Suche beendet. Zufrieden legte er den Apparat zurück in den Koffer und schloss diesen. Die Suche hatte erwartungsgemäß nichts ergeben. Er setzte sich auf einen Stuhl und döste ein wenig vor sich hin. *Am Abend werde ich noch einen Sauna-Club aufsuchen und mich ein wenig verwöhnen lassen.* Ein wenig sehnsüchtig dachte er an die Zeiten zurück, in denen seine Frau noch jung und schlank war. Eine gute Stunde später trafen die ersten Mitglieder der Gruppe ein. Als letzter erschien Astraios. Nachdem sie sich kurz begrüßt hatten, eröffnete Astraios als Vorsitzender die Versammlung: „Guten Tag, meine Herren. Ich sehe, wir sind vollzählig. Wir haben auch keine Zeit zu verlieren, wir haben ein Problem." Und er begann, den Mitgliedern, welche noch nicht in die Einzelheiten eingeweiht waren, die Situation zu schildern.


16


Caroline Meunier erwachte erst um 10.00 Uhr und fühlte sich einigermaßen ausgeruht. Sie duschte und verließ dann ihr Zimmer. Als sie an der Rezeption vorbei kam, saß Robert vor einem Computer und grüßte sie freundlich. „Guten Morgen Mademoiselle. Ich wollte Sie nicht wecken,

aber das Frühstücksbuffet ist inzwischen leider ab-
geräumt worden." „Kein Problem, ich werde schon
noch etwas Essbares auftreiben." Robert schaute
sie kurz an. „Wenn es Ihnen nichts ausmacht, kann
ich Ihnen ein kleines Frühstück zusammenstellen.
Allerdings ist die Auswahl inzwischen ein wenig
beschränkt. Wir haben ein paar russische Gäste,
die wie wild über das Buffet hergefallen sind und
dann die Hälfte doch nicht gegessen haben." „Das
wäre nett", lächelte Caroline und spürte, dass sie
hungrig war, sie hatte ja am Vorabend nicht mehr
die Gelegenheit, etwas zu essen. Und vor allem
hatte sie Lust auf einen Kaffee. Nach dem Frühstück zog sich Caroline auf ihr Zimmer zurück und
verbrachte Stunden damit, die Unterlagen von
George erneut zu studieren. *Er hat Recht, das
macht alles gar keinen Sinn, irgendetwas stimmt
da nicht.* Ein wenig deprimiert verließ sie gegen
16.00 Uhr das Zimmer. *Ein wenig frische Luft wird
mir gut tun.*" Wiederum traf sie an der Rezeption
auf Robert. „Mademoiselle, dürfte ich Sie fragen,
wie lange Sie zu bleiben gedenken? Ich werde morgen zu meiner Schwester nach Zürich fahren und
möchte meinem Vater alles geordnet übergeben."
Caroline überlegte kurz... *Zürich, das wäre eine
Möglichkeit, ohne Spuren zu hinterlassen von Südfrankreich weg zu kommen.* „Robert, ich möchte Sie
um einen großen Gefallen bitten." Robert schaute
sie an: „Aber sicher Mademoiselle, wen soll ich für
Sie umbringen?" Als als er sah, wie Caroline erschrak, war es ihm peinlich. „Nein nein, nichts der-

gleichen", stotterte sie verlegen und versuchte erfolglos ein Lächeln. „Ich war nur noch nie in Zürich und habe eigentlich keine Pläne. Ich wollte Sie fragen, ob ich allenfalls mit Ihnen fahren dürfte – und ich beteilige mich selbstverständlich an den Reisekosten." Robert lachte: „Aber sicher, ich würde mich freuen, die Fahrt nicht alleine unter die Räder nehmen zu müssen und da ich ja ohnehin fahre, brauchen Sie sich über die Reisekosten keine Gedanken zu machen." Caroline war nahe davor, einen Freudentanz aufzuführen. „Vielen Dank Robert, Sie wissen ja gar nicht, welchen Gefallen Sie mir damit erweisen." Robert winkte ab. „Nicht der Rede wert, aber Sie müssen morgen früh aufstehen, ich möchte um 5 Uhr losfahren." „Wenn es sein muss, stehe ich um Mitternacht auf", strahlte Caroline ihn an. Sie einigten sich noch darauf, dass sie sich kurz vor 5 bei der Rezeption treffen würden und Caroline verbrachte den Abend damit, ein wenig am Boulevard entlang zu flanieren, etwas zu essen und in einer Pariser Zeitung die neusten Nachrichten zu lesen. Der Unfall von Marie Labelle wurde nur in einer kurzen Mitteilung erwähnt. Gegen 23.00 Uhr war sie wieder im Zimmer und legte sich schlafen. Es blieben noch gut fünf Stunden, bis sie wieder aufstehen musste. Diese Nacht schlief sie besser und die Aussicht, ohne Spuren zu hinterlassen von Cannes weg zu kommen stimmte sie optimistisch.

Um 04.50 Uhr stand sie an der Rezeption, wo Robert bereits auf sie wartete. „Guten Morgen Mademoiselle, ich hoffe, dass Sie gut geschlafen haben und freue mich auf die Reise mit Ihnen" lachte er. „Ich freue mich auch, Robert – und nochmals danke, dass Sie mich mitnehmen." „Kein Problem", murmelte er ein wenig verlegen und wollte nach ihrer Reisetasche greifen. Schnell zog Caroline sie zurück und sagte ein wenig zu schnell: „Die trage ich lieber selber, aber danke." Robert zuckte mit den Schultern. „Da drüben steht mein Wagen." Es war ein alter, aber gut gepflegter Peugeot Kombi. Er verstaute sein Gepäck im Kofferraum und schaute verwundert zu, wie Caroline auf dem Beifahrersitz Platz nahm und ihre Reisetasche auf den Boden zwischen ihre Beine zwängte. *Tja, wenn sie unbedingt so reisen möchte, mir ist es egal. Aber was in der Reisetasche wohl so Wertvolles drin sein mag?* Während den ersten drei Stunden, bis kurz vor Mailand, unterhielten sie sich wenig. Robert spürte, dass sich Caroline nicht unterhalten wollte, nachdem er ein paar Mal erfolglos versucht hatte, eine Konversation zu beginnen. „Wir sollten etwas essen", schlug Robert vor. „Erstens haben Sie sicher auch Hunger und zweitens kommen wir um diese Zeit genau in die Rush-Hour von Mailand und die ist eine Katastrophe, außer man fährt einen Panzer." Caroline musste lächeln. „Einverstanden", nickte sie. Robert hielt auf dem Parkplatz einer großen Autobahn-Raststätte und schaute zu, wie Caroline aus dem Wagen stieg und ihre Reisetasche an sich nahm. Die ganze Zeit über schon, hielt Caroline die Griffe der Tasche umklammert. Während dem Frühstück hatte sie einen Fuß auf die Tasche gestellt. Rund eine Stunde später fuhren sie weiter und nach ein paar Kilometern kamen sie an eine Autobahn-Zahlstelle. Robert ließ das Seitenfenster runter, griff mit der rechten Hand in ein Fach und holte ein paar Euro-Münzen hervor. Er überreichte sie dem Herrn im Zahlhäuschen. Dabei rutschte sein Kurzarm-Hemd noch weiter nach oben und Caroline sah auf dem linken Oberarm eine Tätowierung. Einen Ring, aus welchem oben Flammen herauswuchsen. „Was ist das für eine Tätowierung?", fragte Caroline neugierig, nachdem sie weitergefahren waren. Robert stutzte kurz: „Die Tätowierung stellt eine siebenflammige Granate dar." „Sie waren im Militär?" Wieder zögerte Robert ein wenig, oder hatte sie nur diesen Eindruck? „Ja, es ist das Zeichen der Fremdenlegion." Caroline schaute Robert erstaunt an. Die Fremdenlegion ist für ihr überaus hartes Ausbildungsprogramm bekannt und nur die Besten konnten dort auch wirklich bleiben. Robert war eher mittelgroß gewachsen, schien auch nicht besonders sportlich zu sein und machte auch sonst nicht den Eindruck, ein Kämpfer zu sein." Er schien ihre Gedanken erraten zu haben. „Erstens ist das lange her und zweitens war ich nicht Mitglied einer Kampfeinheit. Ich war als Analyst Verbindungsmann zum DGSE." „Und was ist der DGSE?" „DGSE bedeutet *Direction Général de la Sécurité Extérieure*. Caroline staunte. „Sie waren Spion?" „Nein, nein, ich sammelte und analysierte nur die Informationen, welche andere beschafften. Aber, wie gesagt, das ist lange her. Irgendwann hatte ich keine Lust mehr und kehrte ins Zivilleben zurück. Aber ich habe beinahe zwanzig Jahre gedient und erhalte deshalb eine kleine Pension." Das Eis war gebrochen. Sie unterhielten sich ab diesem Zeitpunkt sehr angeregt über alles Mögliche. Beim einem Zwischenhalt im Tessin, der italienischsprachigen Schweiz, staunte sie über das mediterrane Ambiente und später, bei der Fahrt durch die Alpen, über die hohen, trotz des Hochsommers immer noch schneebedeckten Berge. So etwas hatte sie noch nie gesehen! Die rund acht Stunden Fahrt nach Zürich vergingen wie im Fluge. „Wo wollen Sie eigentlich wohnen?" Caroline zuckte mit den Schultern. „Machen Sie sich über mich keine Sorgen, ich finde schon etwas." „Wenn Sie möchten, können wir in der kleinen Pension fragen, in der ich gebucht habe. Sie liegt in der Altstadt von Zürich und ist für Zürcher Verhältnisse auch nicht teuer. Bei meiner Schwester kann ich leider nicht wohnen, sie hat nur eine kleine Wohnung und keinen Platz für Gäste." „Das wäre nett", stimmte Caroline erfreut zu. Robert fand die Pension dank des GPS-Geräts auf Anhieb. Er parkte den Wagen auf einem Gästeparkplatz, nahm sein Gepäck und wollte auch Caroline mit ihrer Tasche helfen. Doch sie bestand erneut darauf, ihre Reisetasche selbst zu tragen. Sie betraten die kleine Lobby und wandten sich dem Empfang zu. Eine ältere Dame grüßte freundlich. Robert kramte seine Deutsch-Kenntnisse hervor und versuchte ihr zu erklären, dass er ein Zimmer reserviert habe. Die Empfangsdame lächelte: „Wir können uns auch auf Französisch unterhalten." Robert stieß einen hörbaren Seufzer der Erleichterung aus. „Madame, ich habe eine Reservierung, aber meine nette Begleiterin bräuchte ebenfalls noch ein Einzelzimmer." Die Empfangsdame schaute betrübt. „Es tut mir Leid, Monsieur. Dieses Wochenende findet in Zürich die Street Parade statt, die größte Techno-Party Europas. Wir sind vollständig ausgebucht und in den anderen Hotels der Stadt wird die Situation auch nicht anders sein. Sogar die 5-Sterne-Häuser sind vollständig belegt. Aber wenn es Ihnen nichts ausmacht – im für Sie reservierten Zimmer stehen zwei Einzelbetten, Sie könnten sich das Zimmer teilen." Robert wollte schon einwenden, dass dies nicht in Frage komme, als sich Caroline zu Wort meldete. „Das ist kein Problem, Madame, herzlichen Dank." Robert schaute Caroline unsicher an. „Sind Sie sicher? Sie kennen mich ja nicht..." Caroline lächelte. „Ach, ich weiß mich schon zu wehren." Robert wandte sich der Empfangsdame zu. „Gut, machen wir es so. Ich werde für vier Nächte bleiben, wie lange die junge Dame bleibt, wird sich noch zeigen." Die Empfangsdame händigte beiden die Anmeldeformulare aus und bat um die Reisepässe. „Sie erhalten Sie spätestens heute Abend zurück, ich muss nur noch Fotokopien davon machen." Das Zimmer war nicht besonders groß, war aber offenbar renoviert worden und verfügte, was beide beruhigte, tatsächlich über zwei separate Betten. Robert fuhr anschließend zu seiner Schwester während Caroline die Altstadt von Zürich erkundete. Es war wirklich viel los an diesem Vorabend der Street-Parade. Sie aß zu Abend und kehrte gegen halb zwölf in die Pension zurück. Sie schlief bereits, als Robert zurück kam und bemerkte erst, dass er da war, als sie nachts die Toilette aufsuchen musste. *Zum Glück schnarcht er nicht!* Am nächsten Morgen, erwachte sie früh. Ihre Gedanken kreisten wieder um George, Marie, ihre Reise in die Schweiz und die offenbar manipulierten Testresultate. Plötzlich fühlte sie sich wieder traurig, einsam und hilflos. *Wie soll es weitergehen? Was soll ich tun?* Regungslos sah sie zum Fenster hinaus auf die Fußgängerzone hinab. „Ist alles in Ordnung?" fragte Robert plötzlich. Caroline erschrak und zuckte zusammen. „J...ja ja" – ihr Gesichtsausdruck sagte etwas Anderes. Robert schaute sie prüfend an. „Hör mal, Caroline. Ich glaube, wir können uns auch duzen. Ich merke, dass dich etwas bedrückt. Auf der ganzen Fahrt hierher hast Du es vermieden, etwas Persönliches von dir preiszugeben und hast auch nichts über die Gründe gesagt, weshalb Du in die Schweiz reisen wolltest. Das alles geht mich ja auch nichts an, aber Du sollst wissen, dass ich versuchen kann, dir zu helfen, wenn Du das möchtest." Caroline schaute ihn lange stumm an. Sie wusste nicht, was sie tun sollte. Einerseits war ihr bewusst, dass sie es alleine schwer haben wird, in dieser Sache weiterzukommen. Andrerseits – konnte sie ihm vertrauen? Sie beschloss, es zu riskieren, was konnte schon passieren? Sie setzte sich ihm gegenüber auf ihr Bett und begann zu erzählen. Von George, seiner Kuriersendung, von Marie und von ihrer Flucht nach Cannes. Allerdings erwähnte sie bewusst nichts von den Kopien, welche sie postlagernd nach Marseille geschickt hatte. Robert hörte schweigend zu und erst als sie ihre Geschichte fertig erzählt hatte, stieß er einen leisen Pfiff aus. „Jetzt verstehe ich, warum Du die Reisetasche so umklammert hieltest. Ich würde sie auch nicht aus den Augen lassen! Es ist jetzt Wochenende, Du kannst nichts unternehmen und zuerst musst Du dir auch überlegen, welches der nächste Schritt sein soll. Ich schlage vor, dass wir die Dokumente zu meiner Schwester bringen. Sie hat einen Safe in der Wohnung. Wir werden ihr nichts erzählen und sie wird auch keine Fragen stellen. So sind die Dokumente übers Wochenende sicher und wir können an der Street-Parade ein wenig Ablenkung suchen." Caroline nickte. „Gut, machen wir es so." Nach dem Frühstück fuhren sie zusammen mit der Straßenbahn zu Roberts Schwester Sylvia. Sie war eine sympathische Enddreißigerin, verheiratet mit Karl, einem Schweizer. Sie deponierten die Dokumente in Sylvias Tresor und machten sich alle zusammen mit der Straßenbahn auf ins Stadtzentrum. Parkplätze würden an diesem Tag nur schwer zu finden sein. Am Nachmittag ging der Umzug der Street-Parade los. Caroline und Robert waren zwar beide keine wirklichen Techno-Liebhaber, aber die Abwechslung war ganz nett und die Bekleidung der Leute, sofern sie denn vorhanden war, witzig. Gegen Abend waren alle vom Herumlaufen recht müde und das warme Sommerwetter hatte sein Übriges getan. Sie beschlossen deshalb, in der Nähe der Pension etwas essen zu gehen. Es wurde ein lustiger Abend und zum ersten Mal seit dem Moment, als sie Georges Kuriersendung erhalten hatte, konnte Caroline für ein paar Stunden alles vergessen. Gegen elf Uhr verabschiedeten sich Caroline und Robert von Sylvia und Karl. Zu Fuß gingen zurück zur Pension.

Sie betraten das Zimmer und Robert schloss die Türe. Als er sich umdrehte, stand Caroline ganz nahe vor ihm, nahm sein Gesicht in beide Hände und drückte ihm einen Kuss auf die Lippen. „Komm" wisperte sie „lass uns duschen gehen." Er wusste nicht recht, wie er auf die neue Situation reagieren sollte, aber Caroline war eine junge, attraktive Frau *und wenn sie es so will....* Langsam zogen sie sich, sich innig küssend, gegenseitig aus.

## 17

Astraios schlug mit der Faust auf den Tisch. „Meine Herren, ich bitte um Ruhe!" Die fünf Herren hatten während den letzten Minuten eifrig und durcheinander geredet, wie das bestehende Problem angegangen werden könnte. Aber zuerst musste man sich auch einmal darauf einigen, worin das Problem überhaupt bestand. Astraios hatte über Informanten bei der Post herausfinden können, dass Caroline Meunier sich in Cavalaire-sur-Mer aufhielt, sogar die Adresse war bekannt. Nun galt es zuerst herauszufinden, was sie überhaupt wusste und was ihr George Schmidt geschickt und geschrieben hatte. Sie mussten sehr vorsichtig vorgehen. Einerseits durften sie kein Risiko eingehen, andrerseits galt es auch, unnötiges Aufsehen zu vermeiden. Trotzdem mussten sie rasch handeln. Das Stimmengewirr legte sich allmählich und Astraios fuhr fort. „Ich schlage Folgendes vor: Ich setze Ares nochmals auf Caroline Meunier an. Er soll zuerst herausfinden, wieviel sie weiß. Aber auf jeden Fall soll er sie verschwinden lassen. Sollte sie jedoch bereits mit Anderen über die manipulierten Resultate gesprochen haben, so müssen wir besprechen, wie wir weiter vorgehen wollen. Die Kosten für Ares werden wie üblich unserer gemeinsamen Kasse belastet. Wer für dieses Vorgehen ist, soll dies bestätigen."

„Zephyros?" – „Ich bin dafür"

„Skiron?" – „Ja"

„Euros?" – „Ja"

„Apheliotes?" – „Ja"

„Gut", fuhr Astraios fort. „Machen wir es so. Ich werde Ares umgehend den Auftrag erteilen, nach Südfrankreich zu reisen. Ich schlage vor, dass wir uns am Dienstagmorgen um 10.00 Uhr wieder hier treffen. Bis dahin weiß ich hoffentlich mehr. Dich, Apheliotes, bitte ich, wieder alles wie heute vorzubereiten, danke übrigens! Ich bitte Euch alle, bis dahin wie üblich nur in dringenden Fällen Kontakt untereinander zu halten." Sie schüttelten einander die Hände und verabschiedeten sich. Mike Karasiuk blieb noch ein paar Minuten sitzen und tat so, als wäre er mit seinem Smartphone beschäftigt. In Wirklichkeit ging es ihm nur darum, dass niemand mitbekam, dass er entgegen den Instruktionen von Astraios doch nicht alleine angereist war. Er verließ die Kneipe und schaute sich kurz um, ob auch wirklich alle gegangen waren. Dann gab er Philip ein Zeichen, der sich unverzüglich von seinem Stuhl erhob und Mike folgte, sorgsam darauf achtend, dass das Schulterholster beim Aufstehen nicht gesehen werden konnte.

## 18

Die gemeinsame Dusche hatte sowohl Caroline als auch Robert gut getan. Einerseits waren sie erfrischt, aber andrerseits wurde auch das Verlangen grösser. Caroline war kein Kind von Traurigkeit und sie sah es fast schon auch als ihre Pflicht, als selbstbewusste und emanzipierte Frau auch selbst über ihre Sexualität zu entscheiden und sich nicht von gesellschaftlichen Dogmen beeinflussen zu lassen. So nahm sie sich denn in der Regel auch das, was, beziehungsweise wen sie wollte und konnte eine stattliche Anzahl Liebhaber vorweisen. Sie hatte keinen bestimmten Typ als Favoriten, aber Respekt, Anstand und Humor waren ihr wichtig. Aber natürlich mochte sie Männer, die wissen, was sich eine Frau wünscht. Sie gaben sich ekstatisch den Gefühlen hin und es war schon beinahe drei Uhr morgens, als beide müde, aber glücklich nebeneinander einschliefen, was aufgrund der Tatsache, dass im Zimmer ja Einzelbetten standen nicht sonderlich bequem war, auch wenn sie diese zusammengeschoben hatten. Als sie erwachten, liebten sie sich erneut. „Liebling" keuchte Robert „denk daran, ich bin sicher 15 Jahre älter als Du." Caroline grinste. „Davon habe ich aber nichts bemerkt."

Nach einem nahrhaften Frühstück machten sie sich auf, die Stadt ein wenig zu erkunden. Zürich war wunderschön und der Weg entlang dem See lud zum Flanieren ein. Sie mieteten ein Tretboot und fuhren auf den See hinaus. „Hier können wir uns auch ungestört über dein Problem unterhalten" meinte Robert. „Vielleicht kann ich dir helfen. Ein guter Freund von mir arbeitet immer noch bei der DGSE, vielleicht kann er uns ein paar Informationen beschaffen. Wir sollten vielleicht versuchen herauszufinden, ob es auch bei anderen Pharmafirmen, welche sich mit der HIV-Forschung beschäftigen in letzter Zeit zu außergewöhnlichen Todesfällen gekommen ist. Wenn ja, so wäre das vielleicht eine Spur. Außerdem sollten wir eine weitere Meinung über die Testresultate einholen. Kennst Du jemanden, den wir kontaktieren könnten?" Caroline überlegte kurz. Ihre Kollegen bei ihrem Arbeitgeber Laboratoires Etoiles zu fragen war zu heikel, aber sie kannte einen Professor in Basel, den sie auf einem Kongress in Salzburg kennengelernt hatte und bei dem sie auch ein sechsmonatiges Praktikum absolviert hatte. Er arbeitete für Artiantiquus, einer Firma von der Caroline wusste, dass sie ebenfalls führend in der HIV-Forschung war. Sie hatte viel von Professor Max Braun gelernt und möglicherweise konnte er helfen. Sie musste ihn unbedingt kontaktieren. Caroline lächelte Robert an: „Nun genießen wir aber erst einmal den Tag!", und küsste ihn innig.

# 19

Maurice Tabord ging zu einer öffentlichen Telefonkabine, fischte die Telefonkarte heraus, welche er sich 10 Minuten zuvor an einem Kiosk gekauft hatte und wählte eine Nummer in Frankreich, die er auswendig gelernt hatte. „Ares, hier Astraios. Ich habe einen neuen Auftrag für Sie. Fahren Sie unverzüglich nach Cavalaire-sur-Mer und sorgen Sie dafür, dass unsere Zielperson keine Probleme mehr macht, lassen Sie es aber wie in Paris nach einem Unfall aussehen. Wichtig ist, dass sie auch die Dokumente finden und umgehend vernichten und sollten Sie feststellen, dass weitere Personen involviert sind, so lassen Sie mich dies ebenfalls unverzüglich wissen. Ich gebe Ihnen ausnahmsweise meine Handynummer, unter welcher ich erreichbar bin." Ares wiederholte die Anweisungen, die Adresse in Cavalaire und die Telefonnummer, welchen ihm Astraios durchgegeben hatte und löschte anschließend den Anruf aus der Anrufliste in seinem Smartphone. Er drehte sich im Bett um und lächelte der kleinen Nicole zu, die er am Abend zuvor in einer Bar kennengelernt hatte. Sie hatten die ganze Nacht und auch den ganzen Tag fast nur im Bett zugebracht und er war froh, dass er auf seiner letzten Ferienreise noch ein paar von den kleinen blauen Pillen gekauft hatte. *So kann ich Nicole viel öfter genießen.* „Tut mir Leid, Chérie, ich muss aufbrechen." Nicole blickte Ares enttäuscht an: "Wirklich? Du musst gehen? Aber für einmal bleibt doch schon noch Zeit, oder?" grinste sie frech. „Aber sicher Süße, so viel Zeit muss sein", feixte Ares und drehte Nicole auf den Rücken."

Nachdem Ares die süße Nicole beinahe hinausgeschmissen hatte, ergriff er seinen immer bereitstehenden Koffer und überprüfte nochmals den Inhalt mit Kleidern und Toilettenartikeln. Unter dem Bett holte er zwei kleinere Koffer hervor, legte beide aufs Bett und öffnete sie. Im größeren der beiden Koffer lag ein zerlegbares Präzisionsgewehr inklusive Schalldämpfer und Zielfernrohr. Im zweiten Koffer lag eine großkalibrige Pistole, ebenfalls mit Schalldämpfer. Aus einem Schrank holte er die Spezialmunition für beide Waffen: Die Munition war auf die Verwendung für Waffen mit Schalldämpfern abgestimmt und flog langsamer als übliche Munition. Dafür war sie leiser und der Schalldämpfer konnte seine Wirkung effizienter entfalten. Er legte die Munition zu den Waffen und verstaute die beiden Waffenkoffer in einer großen Segeltuchtasche. Es dauerte nur knapp zwei Minuten bis er die Wohnung verschlossen und seinen Wagen in der Tiefgarage erreicht hatte. Die Segeltuchtasche verstaute er in einem speziell konstruierten Fach unter der Rücksitzbank, seinen Koffer legte er in den Kofferraum. Er kannte sich zwar gut aus auf Frankreichs Straßen, trotzdem warf er nochmals einen Blick auf die Straßenkarte. Schließlich war Ferienzeit und er wollte es vermeiden, Stunden in einem nervenaufreibenden Stau zu verschwenden. Er merkte sich die Route, die er herausgesucht hatte und fuhr los. Er liebte solche Aufträge. Erstens bezahlte ihm der Auftraggeber alle Spesen, das Honorar war außergewöhnlich hoch und er konnte seinen Jagdinstinkt ausleben. Mit den Zielpersonen verspürte er nie Mitleid, es war für Ihn einfach ein Job, den es zu erledigen galt. Gefühlsduselei konnte er sich dabei ohnehin nicht erlauben. Mit dem Geld, welches er sich als Auftragskiller, er bevorzugte den Begriff „Problembeseitiger", verdiente, hätte er sich einen Luxuswagen leisten können. Er war aber schlau genug, einen unauffälligen Mittelklassewagen zu fahren. Dass dieser mit einem anderen, viel stärkeren, Motor ausgerüstet war, war von außen nicht erkennbar.

Nach rund acht Stunden Fahrt, er hatte die vorgeschriebene Geschwindigkeitsbeschränkung von 130 km/h auf Autobahnen stets eingehalten, traf er in Cavalaire-sur-Mer ein. Inzwischen war es Abend und er brauchte fast eine Stunde, bis er ein freies Hotelzimmer gefunden hatte. Aber schlussendlich kam er in einem kleinen, etwas heruntergekommenen Hotel unter. Er ging noch kurz etwas essen und legte sich früh schlafen.

## 20

Caroline und Robert verbrachten den Abend bei Sylvia und Karl. Caroline war sehr froh, unter netten Leuten und nicht alleine zu sein. Mit Roberts Wagen fuhren beide nach dem Abendessen ins Hotel zurück und als sie dort eintrafen sagte Robert: „Die Street-Parade ist ja vorbei. Jetzt ist sicher wieder ein Zimmer für dich verfügbar." Caroline gab ihm einen Klaps. „Auf keinen Fall! So einfach kommst Du mir nicht davon!" Robert grinste. „Wer sagt denn, dass ich das möchte?"

Caroline schlief erneut schlecht in dieser Nacht. Ihre Gedanken kreisten wieder um die Gründe, weshalb sie überhaupt von Cavalaire weg fuhr. *Kann mir Robert mit seinem Kontakt weiterhelfen? Oder Professor Braun in Basel? Wie wird dies alles enden?*

Nach dem Frühstück zogen sie sich zurück ins Zimmer und Robert wählte die Handy-Nummer seines Freundes Charles Séguin, welcher immer noch beim französischen Geheimdienst, der DGSE arbeitete. Robert ließ das Handy klingeln aber nach dem vierten Mal ertönte die Combox, ohne dass Charles den Anruf entgegengenommen hatte. Robert hinterließ Charles die Nachricht, dass er ihn so schnell wie möglich zurück rufen soll, teilte aber keine weiteren Details mit. „Dann versuche ich eben, Professor Braun zu erreichen", meinte Carolin und griff zu ihrem Handy, welches sie die ganze Zeit in ihrer Tasche mitgetragen, aber total vergessen hatte. Ein paar SMS-Nachrichten einiger Freundinnen und ein unbeantworteter Anruf eines ehemaligen Arbeitskollegen waren aufgezeichnet, aber nichts war von Bedeutung. Sie kramte ihn Ihrer Brieftasche, wo sie nebst ihrem Bargeld und Kredit- und Mitgliedskarten auch Visitenkarten von Leuten aufbewahrte, welche sie einmal getroffen hatte und von denen sie dachte, dass sie einmal von Nutzen sein könnten. Die Karte von Professor Braun war leider nicht dabei, sie musste verloren gegangen sein. „Kein Problem" meinte Robert, und griff mit seinem Smartphone auf eine Internet-Suchmaschine zu. „Wie heißt denn die Firma, wo dein Professor arbeitet?" „Das ist die Artiantiquus." „Schon gefunden", frohlockte Robert und nannte Caroline die Nummer der Zentrale in Basel. Es dauerte fast fünf Minuten, bis Caroline mittels Zentrale zu Professor Braun durchgestellt wurde und dessen sonore Stimme hörte. „Max Braun." „Guten Tag, Professor Braun, hier spricht Caroline Meunier. Ich weiß nicht, ob Sie sich an mich erinnern. Wir haben uns in Salzburg kennengelernt und ich durfte auch ein Praktikum bei Ihnen machen." Professor Braun lachte. „Ob ich mich an Sie erinnere? Aber sicher meine Liebe! So sympathische und hübsche Mitarbeiterinnen hat man doch selten!" „Oh, vielen Dank Professor", stieß Caroline hervor und musste insgeheim lachen, denn sie wusste, dass der Professor nicht auf Frauen stand. „Professor, ich muss sie unbedingt so rasch wie möglich sehen, können wir uns treffen? Es ist von größter Wichtigkeit, ich kann es Ihnen aber nicht am Telefon erklären." Der Professor klang erstaunt. *Was kann das wohl so Wichtiges sein?* „Aber natürlich Caroline, wann immer Sie möchten, wo sind Sie denn?" „Ich bin in Zürich Professor, könnten wir uns vielleicht zum Mittagessen treffen, ich komme gerne nach Basel?" „Das ist ja wunderbar! Ich hatte zwar bereits etwas geplant, aber ich sage das für Sie natürlich gerne ab! Kennen Sie das Hotel Les Trois Rois in Basel? Ich könnte dort einen Tisch reservieren." „Vielen Dank Herr Professor, das ist sehr nett. Ich kenne das Hotel nicht, werde es  aber schon finden. Ich werde übrigens noch einen Freund mitbringen, wir werden also zu dritt sein." „Prima Caroline, das ist wundervoll! Ich reserviere den Tisch für 12.30 Uhr im Restaurant „Cheval Blanc" des Hotels." Caroline bestätigte und beendete den Anruf mit einem Seufzer. „Zum Glück habe ich ihn erreicht, ich hoffe, dass er uns weiterhelfen kann." In diesem Moment klingelte Roberts Handy, es war Charles. „Hallo, alter Schwerenöter! Wo brennt's denn und wie geht's auch immer?" Robert war die Bezeichnung Schwerenöter peinlich und er bemerkte auch, dass Caroline, die das Gespräch mithören konnte, ihn mit einem etwas eigentümlichen Blick bedachte. Hör mal Charles, ich brauche ein paar Informationen, ich kann dir aber die ganze Sache nicht am Telefon erklären." „Du weißt schon, Robert, dass Du nicht mehr bei der DGSE bist? Was musst Du denn wissen?" „Es gibt auf der Welt etwa 5 führende Pharmafirmen, welche in der HIV-Forschung tätig sind. Bei einer, der Pharmalead in den USA, wurde kürzlich ein Forscher ermordet. Ich muss wissen, ob es in den letzten Tagen oder Wochen bei anderen der führenden Firmen ebenfalls zu gewalttätigen oder außergewöhnlichen Todesfällen gekommen ist." Die Firmen sind, außer Pharmalead: Laboratoires Etoiles, Pharmanova, Sibir Pharma und Artiantiquus." Charles seufzte „Du weißt schon, dass das viel Arbeit bedeutet Robert?" „Ja sicher, Charles, aber die Sache ist wichtig, glaube mir, und ich brauche die Informationen schnell, am besten heute noch!" Charles wollte zuerst protestieren, aber Roberts Stimme war so eindringlich und er spürte, dass Robert die Sache wirklich wichtig war. Deshalb ließ er es dann doch jeden Widerspruch sein. Sie verabredeten, dass Charles sich melden würde, sobald er etwas herausgefunden hätte.

„So, jetzt sind wir schon wieder einen Schritt weiter, machen wir uns auf den Weg nach Basel", schlug Robert vor. „Ich kenne den Weg nach Basel nicht sehr gut und Basel selbst kenne ich gar nicht." Caroline nickte „Danke mein Schatz, danke für alles." Sie umarmte ihn und fühlte sich in seinen Armen geborgen.

## 21

Ebenfalls geborgen fühlte sich Maurice Tabord zwischen den beiden süßen Gespielinnen, welche er sich am Samstagabend im Sauna-Club ausgesucht hatte. Eine blonde Rumänin und eine dunkelhaarige Ungarin. Er verbrachte rund drei Stunden mit den beiden in einem Zimmer und verließ dann zufrieden den Club. Mit einem Taxi fuhr er zurück ins Hotel. Als er sich, nachdem er dem Fahrer das Geld durch das Seitenfenster gereicht hatte, umdrehte, wurde er von einem Besoffenen angerempelt, der jedoch gleich weitertorkelte. *Besoffene Idioten, wissen nicht, wann sie aufhören müssen!* Es war spät geworden und Tabord war froh, sich nun ausruhen zu können. Im Hotelzimmer streifte er sein Jackett ab und leerte wie üblich die Taschen, da er am nächsten Tag wie immer einen anderen Anzug tragen wollte. Er hasste es, immer in der gleichen Kleidung herumzulaufen. Erschrocken stellte er fest, dass sein Handy nicht aufzufinden war. Die Müdigkeit war augenblicklich weg. *Wo habe ich dieses Ding liegengelassen oder verloren – etwa im Taxi?* Er griff zum Zimmertelefon und holte die Karte heraus, welche ihm der Taxifahrer überreicht hatte. Dieser meldete sich auch sofort, teilte ihm aber nach rascher Überprüfen mit, dass in seinem Taxi nichts liegengeblieben sei. Maurice Tabord bat ihn, nochmals zum Hotel zu kommen um ihn zurück zum Club zu fahren. „Das

wird wohl keinen Sinn machen. Der Club ist um
diese Zeit bereits geschlossen und morgen öffnet er
gar nicht. Vor übermorgen ist nichts zu machen."
„Gut, danke" stieß Tabord hervor und hängte ohne
weiteren Gruß auf. Er fluchte. *Wieso musste das
passieren?* Er nahm sich vor, am nächsten Tag zur
Polizei zu gehen, vielleicht konnte sie ja etwas unternehmen oder zumindest konnte er dort sein
Handy als vermisst melden. Aber jetzt wollte er
nur noch schlafen. Die beiden jungen Frauen hatten ihn schon geschafft, was er sich ungern einge-
stand. Und die Geschichte mit dem Handy hatte
ihm den Rest gegeben.


Das Frühstück fiel am anderen Morgen nur
kurz aus. Maurice Tabord hatte keinen Appetit, solange er sein Handy nicht zurück erhalten hatte.
Er ließ sich von einem Taxi zur Polizeistation in
der Nähe des Clubs fahren und bat den Fahrer zu
warten. Maurice erklärte dem diensthabenden Polizisten, was vorgefallen war. Dieser erfasste die
Verlustmeldung in einer Datenbank, an welche
alle Polizeistationen angeschlossen waren. Über-
dies machte er eine Meldung per E-Mail an das
französische Konsulat in Zürich unter der Angabe
der Rufnummer von Tabords Handy. Der Polizist
übergab Maurice Tabord eine Kopie des Rapports
und wünschte ihm Glück bei der Suche nach seinem Telefon. Insgeheim jedoch ein wenig schaden-
freudig, denn mit seinem Salär konnte er sich ei-

nen Aufenthalt in diesem Club nicht leisten. Tabord beschloss, das Beste aus dem Tag zu machen und ließ sich ins Stadtzentrum von Zürich fahren wo er den Rest des Tages mit bummeln, essen und trinken verbrachte. Er konnte im Moment sowieso nichts tun. Er musste warten, sich sein Handy wieder einfand und Ares ihn kontaktierte. *Hoffentlich löst er unser Problem.*

## 22

Das „Les Trois Rois" ist eines der besten und luxuriösesten Hotels in Basel. Caroline und Robert erschraken, als sie all den Pomp sahen. Erstens fühlten sie sich sehr unpassend angezogen und zweitens fürchteten sie, dass das Mittagessen zu teuer werden würde. Sie ließen sich vom Ober an den von Professor Braun reservierten Tisch führen und warteten, bis er rund 15 Minuten später pünktlich eintraf. Nach einer herzlichen Begrüßung bestellten sie sich einen Aperitif und studierten dann die Speisekarte. Caroline und Robert schauten sich verstohlen an und wären am liebsten gegangen. Professor Braun bemerkte die Reaktion der beiden und lachte: „Keine Sorgen, meine Lieben, Sie sind selbstverständlich eingeladen. Als Abteilungsleiter habe ich gewisse Privilegien", zwinkerte er Caroline zu. Sie aßen gemütlich und unterhielten sich Gott und die Welt. Erst beim

Nachtisch rückte Caroline heraus: „Professor…"
„Bitte nennen Sie mich Max!" „Danke Max, bitte
schauen Sie sich diese Testresultate mal an und
sagen Sie mir Ihre Meinung dazu." Sie schob Max
den Umschlag hinüber, welchen Robert und sie vor
der Fahrt nach Basel noch aus dem Tresor von
Roberts Schwester geholt hatten. Max Braun zog
die Papiere aus dem Umschlag studierte die Dokumente. Dabei schüttelte er mehrmals den Kopf. Er
räusperte sich. „Nun, meiner Meinung nach hat
hier jemand dilettantische Arbeit geleistet. Oder
aber bewusst die Testresultate manipuliert, bzw.
verschlechtert. Ersteres schließe ich aus, denn ich
sehe, dass die Testresultate unter der Leitung von
George Schmidt erarbeitet wurden. Ich kenne ihn
als absolut hochqualifizierten Wissenschaftler,
welchem solche Fehler niemals unterlaufen würden. Also wurden die Testresultate manipuliert.
Aber wozu sollte George dies tun?" „Es war nicht
George", presste Caroline mit erstickter Stimme
hervor. „George ist tot." Erschrocken sah Max
Braun Caroline an. „Wann… wie ist es passiert?"
Caroline erzählte, wie sie in den Besitz der Dokumente gelangt war, den Tod von Marie Labelle, der
Reise nach Zürich. Max Braun schaute sie ernst
an. „Meine Liebe, ich weiß nicht, in was sie hineingeraten sind, aber ich möchte nicht in Ihrer Haut
stecken. Hier ist, bitte entschuldigen Sie den Aus-
druck, die Kacke am Dampfen. Wie kann ich helfen?" Robert hatte lange geschwiegen, aber jetzt
meldete er sich zu Wort: „Wir müssen wissen, ob es

zwischen Pharmalead und Artiantiquus Verbindungen gibt. Sei dies auf wissenschaftlicher, wirtschaftlicher oder persönlicher Ebene. Offiziell sind es ja konkurrenzierende Firmen, aber wie Sie ja richtig bemerkt haben, irgendetwas ist hier faul! Weshalb soll eine Firma wie Pharmalead gute Testresultate manipulieren und die ganze Forschung um Monate oder sogar Jahre zurück werfen?" „Das ist genau, was mich auch beschäftigt" bestätigte Max Braun. Ich werde versuchen, etwas herauszufinden." In diesem Moment klingelte Roberts Handy und Charles war am anderen Ende. „Hallo, Du Schlitzohr, ich habe schon etwas für dich!" „Das ist ja großartig, lass hören Charles!" „Also, bei keiner der in der HIV-Forschung führenden Firmen gab es in letzte Zeit ungewöhnliche Todesfälle. Aber: Heute Morgen wurde auf einem Polizeiposten in der Schweiz, dieser hat anschließend auch das Konsulat in Zürich informiert, der Verlust eines Handys gemeldet. Dies wäre ja noch nichts Außergewöhnliches, wenn das Handy nicht Maurice Tabord gehören würde, dem CEO von Laboratoires Etoiles. Dass ein CEO eine Reise nach Zürich unternimmt ist weiter auch nichts Besonderes. Dass er aber offensichtlich nicht geflogen ist, sondern entweder mit dem Zug oder dem Auto gereist und in einem einfachen Hotel abgestiegen ist, fällt jedoch auf. Ich habe deshalb ein wenig nachgeforscht und weißt Du was? Alle CEOs der fünf von dir genannten Forschungsfirmen halten sich im Moment in der Schweiz auf, beziehungsweise in

Zürich oder in der Region. Dies geht aus den Anmeldungen bei den Hotels hervor. Du siehst, wir wissen fast so viel wie unsere US-Freunde!" Robert hörte schweigend zu und holte dann tief Luft. „Vielen Dank Charles, das hilft uns vielleicht weiter, aber falls Du noch ein wenig mehr herausfinden könntest, so wäre das nicht schlecht. Insbesondere wäre es natürlich interessant zu erfahren, ob sich die CEOs treffen werden oder schon getroffen haben. Kannst Du mir auch eine E-Mail mit deren Namen und Fotos schicken?" „Sicher Robert, aber sag mal: Da steckt doch mehr dahinter? Was ist da los?" Robert zuckte mit den Schultern, als ob sein Freund dies sehen könnte. „Ich weiß es ehrlich gesagt noch nicht Charles, aber irgendetwas ist faul, wir möchten herausfinden, was." Charles kicherte. „Na, dann wünsche ich dir und Caroline viel Glück und eine gute Zeit in der Schweiz." Robert fiel fast das Handy aus der Hand und fragte erstaunt: „Woher weißt Du…" „Hör mal, mein Lieber, ich werde doch keine Nachforschungen anstellen ohne auch über deine Aktivitäten einigermaßen im Bilde zu sein. Und da Caroline ja bei Laboratoires Etoiles arbeitet, sollte sie ja ihren CEO kennen." Robert seufzte. „Man ist ja wirklich nicht vor Euch sicher. Aber danke Charles, wir bleiben in Kontakt." Mit leiser Stimme teilte Robert den beiden anderen mit, was Charles ihm eben gesagt hatte. Max Braun hob die Augenbrauen. „Dies bedeutet ja, dass mein Chef auch in Zürich ist und dass er vielleicht in die ganze Geschichte involviert ist." Ein paar Minuten saßen sie schweigend da. Jeder machte sich seine eigenen Gedanken. „Ich kann nicht glauben, dass es ein Zufall ist, dass sich die fünf CEOs gleichzeitig im Raum Zürich aufhalten. Und auffällig ist, dass offenbar keiner auffallen möchte. Nochmals: Irgendetwas stinkt hier gewaltig", meldete sich Max Braun als erster zu Wort. Caroline und Robert nickten. „Ja, aber wir haben erst ein paar Teile des Puzzles und diese ergeben noch kein Bild", meinte Robert. „Versuchen wir, mehr herauszufinden. Der Gedanke daran, dass auch der CEO meines Arbeitgebers in mögliche Machenschaften verwickelt ist, macht mir nicht gerade Freude", ergänzte der Professor. Caroline meldete sich zu Wort: „Nun gut, bleiben wir in Kontakt. Sie haben uns sehr geholfen, Max. Wir wissen nun fast mit Sicherheit, dass mit den Testresultaten irgendetwas nicht stimmt. Ich muss nur herausfinden, was und weshalb. Dies bin ich George schuldig." Der Professor bezahlte die überaus hohe Rechnung, was Caroline und Robert einigermaßen peinlich war, und sie verabschiedeten sich vom Professor. Caroline musste versprechen, dass sie einander nochmals sehen würden, bevor sie abreisten. Der Professor drückte Robert die Hand und schaute ihm ernst in die Augen: „Passen Sie auf Caroline auf und seien Sie gut zu ihr, sonst bekommen Sie es mit mir zu tun!" Robert lächelte. „Aber sicher." Und mit einem Seitenblick auf Caroline fügte er hinzu: „Immer vorausgesetzt, dass Caroline auch wirklich möchte, dass ich mich um sie kümmere." Caroline errötete ein wenig und wandte sich schnell ab. Sie liebte es nicht, im Mittelpunkt zu stehen. Caroline und Robert ließen Roberts alten Peugeot vorfahren, was Robert mit einem Schmunzeln zur Kenntnis nahm. Der durchschnittliche Wert der Autos, die sonst hier vorgefahren wurden, entsprach sicher dem Wert einer Eigentumswohnung. Professionell wie er war, ließ sich der Valet aber nichts anmerken. Auch nicht, als Robert ihm ein Trinkgeld in die Hand drückte, welches er als knauserig betrachtete. Das Paar waren schnell wieder auf der Autobahn Richtung Zürich und diskutierte, wohin sie jetzt fahren sollten. Das Hotelzimmer in der Altstadt von Zürich hatten Sie abgegeben, jetzt mussten sie eine neue Unterkunft suchen. Ein Wechsel war sicher auch nicht schlecht, denn sich weiterhin in der Stadt Zürich aufzuhalten war unter den neuen Umständen ohnehin zu riskant. Zürich war zu klein um auszuschließen, dass man nicht zufällig jemandem über den Weg läuft, den man kennt und Tabord hielt sich ja in Zürich auf. Bei einem kurzen Zwischenstopp suchten sie auf Roberts Smartphone ein nettes Hotel außerhalb Zürichs auf einem Hügel oberhalb des Zürichsees. Um sicher zu gehen, dass auch ein Zimmer verfügbar war rief Robert kurz an und reservierte ein Doppelzimmer mit Seeblick. Auch jetzt war Roberts GPS-Gerät wieder von Nutzen. Ohne GPS wäre es wohl schwierig gewesen, das Hotel rasch zu finden. Es war wirklich wunderschön gelegen und das Doppelzimmer, welches sie sich aussuchen konnten, hatte einen wunderschönen Ausblick und sogar einen kleinen Balkon. Sie standen lange auf dem Balkon und blickten auf den See hinab, wo unzählige größere und kleinere Segelboote sowie auch große Kursschiffe kreuzten. „Komm", flüstere Caroline Robert ins Ohr, „lass uns vor dem Abendessen spielen."


## 23


Ares stand an diesem Morgen früh auf. Noch vor dem Frühstück fuhr er zur Adresse, welche Astraios ausfindig gemacht und ihm angegeben hatte. Inzwischen wusste er auch, wie Caroline Meunier aussah. Ein Fehler wie in Paris durfte nicht mehr passieren, auch wenn dies nicht seine Schuld gewesen war. Er erreichte das Appartementhaus und verschaffte sich zuerst einen Überblick. Das Haus war relativ modern und offensichtlich nachträglich zwischen zwei andere Wohnhäuser gebaut worden. Er zählte acht Stockwerke und somit war sicher auch ein Fahrstuhl vorhanden. Er ging um die Häuser herum und fand auf der Rückseite eine Feuertreppe und einen Hintereingang, der nicht verschlossen war. *Immerhin eine gute Fluchtmöglichkeit für den Ernstfall.* Er ging zurück zum Haupteingang, betrat die Halle und wandte sich nach kurzem Suchen der Türe zu, die mit „Concierge" beschriftet war. Er klingelte kurz und wartete. Nichts passierte. Er klingelte nochmals, diesmal länger, fordernder. Er hörte schlurfende

Schritte und eine ältere Dame in einem abgewetzten Morgenmantel, die wohl eben erst aufgestanden war, öffnete missmutig die Türe. „Pardon Madame, mein Name ist Paul Meunier. Ich bin der Bruder von Caroline Meunier und möchte sie gerne besuchen, aber leider habe ich die Appartement-Nummer vergessen." Die Concierge musterte Ares von oben nach unten. „Mademoiselle Meunier ist vor ein paar Tagen, ich glaube es war Mittwoch, abgereist, sie schien es eilig gehabt zu haben." „Eigenartig, sie hat mir nichts gesagt. Wissen Sie, wo sie hinfuhr?" fragte Ares unschuldig. „Nein, und ich habe auch nicht danach gefragt, ich bin nicht neugierig", erhielt Ares schnippisch entgegnet. „Aber mein Sohn hat erwähnt, dass er sie am Tag der Abreise kurz nach 22.00 Uhr an der Busstation gesehen habe, sie schien dort zu warten." „Danke Madame, sie haben mir sehr geholfen." *Hausdrache*, dachte Ares und machte sich zu Fuß auf den Weg zur Busstation. Dort angekommen studierte er den Fahrplan. Wochentags gab es von Cavalaire aus nach 22.00 Uhr nur noch zwei Busverbindungen. Eine nach La Môle im Landesinneren und die Verbindung nach Cannes. *Kaum anzunehmen, dass sie in ein Provinzkaff fährt, von wo sie nicht weiter kommt,* sinnierte Ares. Also auf nach Cannes, *aber zuerst ein ordentliches Frühstück!* Beim Frühstück überlegte er sich, wie es weitergehen soll. Er kannte einen Polizisten in Cannes, der ihm noch einen Gefallen schuldete. Vielleicht konnte er ihm helfen. Er nahm sein Handy und wählte die Nummer des Polizisten. „Hallo Jacques, hier ist

Christian." Einen Moment lang war es ruhig. „Du weißt doch, dass Du mich unter dieser Nummer nicht anrufen sollst, lass mich wenigstens meine Bürotür schließen", tönte es verärgert aus Cannes. „Ja, weiß ich schon, geht aber nicht anders. Hör gut zu: Eine Caroline Meunier ist letzte Woche, vermutlich in der Nacht zum Donnerstag in Cannes angekommen. Ich möchte, dass Du herausfindest, in welchem Hotel sie untergekommen ist. Ich bin heute gegen Mittag in Cannes, wir können uns dann zum Essen treffen und Du kannst mir die Infos geben." „Na hör mal", schnaubte Jacques empört. „Glaubst Du, ich hätte nichts anderes zu tun und weißt Du, wie viele Leute täglich in Cannes ankommen? Außerdem ist es gar nicht sicher, dass deine Caroline bereits registriert wurde." „Versuch es einfach, ja? Du weißt, Du schuldest mir noch etwas!" Der Polizist seufzte „Ja, ja, schon gut, Du brauchst mich nicht daran zu erinnern, dass Du dem Liebhaber meiner Frau beigebracht hast, dass man so etwas nicht tut." Sie verabredeten den Treffpunkt und verabschiedeten sich. Ares war froh, nicht liiert zu sein. *Weiber machen nur Ärger in einer Beziehung und Mädchen wie die süße Nicole findet man immer für ein wenig Spaß.* Nach dem Frühstück machte er sich auf nach Cannes. Da er genügend Zeit hatte beschloss er, ein Stück weit der Küste entlang zu fahren. Gegen 12.30 Uhr traf er im kleinen Bistro ein, wo er sich mit Jacques verabredet hatte. Dieser wartete schon und schaute nervös auf die Uhr. „Ich dachte schon, Du kommst nicht mehr. Ich kann nicht lange bleiben, heute ist der Teufel los bzw. ein Banküberfall am helllichten Tag." „Schon ok Jacques, sag mir was Du herausgefunden hast." „Also, eine gewisse Caroline Meunier hatte in der Nacht zum Donnerstag in einer kleinen Pension eingecheckt, hier ist die Adresse." Jacques schob Ares einen kleinen Zettel mit der Anschrift hinüber. „Der Name des Besitzers ist Daniel Masson, aber die Pension wird eigentlich von seinem Sohn Robert geführt. Aber Du hast das nicht von mir und ich weiß von nichts!" Ares nickte. „OK, danke, wir sind quitt." Ares beschloss, ebenfalls gleich wieder zu gehen und noch nichts zu essen. Sein Jagdinstinkt war grösser als sein Hunger. Er spazierte zurück zu seinem Auto, welches er in einer öffentlichen Tiefgarage geparkt hatte. Er fuhr aus der Parkbucht und manövrierte seinen Wagen in eine dunkle Ecke des Parkgeschosses. Dann öffnete er die hintere Türe und holte die Segeltuchtasche unter der Rücksitzbank hervor. Er entnahm der Tasche den Koffer mit der Pistole, holte sie hervor, lud das Magazin, schraubte den Schalldämpfer auf und lud durch, nachdem er sich vergewissert hatte, dass die Waffe auch gesichert war. Dann steckte er die Pistole hinten in den Hosenbund und zog sein Hemd aus der Hose. Das Hemd verdeckte jetzt die Waffe. Anschließend legte der den Pistolenkoffer zurück in die Tasche und verstaute diese wieder unter der Rücksitzbank.

Sebastian nickte zufrieden. Er hatte soeben das vor ihm liegende Smartphone wieder fachmännisch verschlossen, nachdem er einen winzigen GPS-Tracker im Gehäuseinneren festgeklebt hatte. Dasselbe hätte er mit einer App tun können, aber das Risiko, dass diese entdeckt würde, war ihm zu groß. Das Signal des Senders auf dem handlichen Empfangsgerät war klar und die Lokalisierung präzise, bis auf 5 Meter genau. Außerdem konnte damit nicht nur eine Ortung erfolgen, es wurden auch Gespräche übertragen. Auch wurden die Nummern, welche angewählt oder von denen aus die Nummer von Tabord angerufen wurde registriert. *Eine großartige Sache!* Er säuberte das Handy von seinen Fingerabdrücken, steckte es in einen Briefumschlag und machte sich auf den Weg zur nächsten Polizeistation. Er lächelte. Es war fast wie in alten Zeiten, als er bei der militärischen Spionage gelernt hatte, wie man zu Informationen kommt. Zum Glück hatte er noch entsprechende Kontakte, sonst wäre die Beschaffung eines solch winzigen GPS-Senders schwierig gewesen. Es war ein Leichtes für ihn gewesen, Maurice Tabord wie aus Versehen anzurempeln, als dieser den Taxifahrer bezahlte und ihm dabei sein Smartphone zu entwenden. Sebastian hatte keine Ahnung, um was es bei der ganzen Sache ging, aber seinem alten Freund Philip tat er gerne einen Gefallen. In der Polizeistation wandte er sich an die Beamtin am Schalter. „Guten Tag, ich habe dieses Handy auf der Straße gefunden, vielleicht hat sich der Besitzer ja schon bei Ihnen gemeldet." Mit einer saloppen Bewegung ließ er das Smartphone aus dem Umschlag auf die Theke gleiten, den leeren Umschlag steckte er wieder ein. „Wollen Sie Ihren Namen hinterlassen, falls sich der Besitzer bei Ihnen bedanken möchte?", fragte die Beamtin. „Nein, nicht nötig, ist ja nur eine Kleinigkeit." Und schon stand er wieder auf der Straße und ging zügigen Schrittes Richtung See. Nun holte er sein eigenes Handy hervor: „Philip, mein Junge, es lief alles wie geplant." „Ist ja prima, Sebastian, können wir uns in einer Stunde beim Bürkliplatz treffen? Dann kannst Du mir den Empfänger übergeben." „Kein Problem Philip, bis bald." Philip Muller lächelte zufrieden. Diese ganze Geschichte hatte eine Dimension, die außergewöhnliche Schritte erforderte. Dazu gehörte für ihn eben auch zu verstehen, was genau ablief. *Wissen ist Macht!*


Nachdem er den Empfänger von Sebastian in Empfang genommen hatte, ging Philip zurück in sein Hotelzimmer und schaltete das Gerät ein. Deutlich war auf dem kristallklaren Bildschirm der Punkt auf der abgebildeten Karte zu sehen, wo sich der Sender, in diesem Fall auch das Smartphone von Tabord, befand. Es lag offensichtlich weiterhin in der Polizeistation. *Abwarten.* Philip machte sich auf den Weg zu Mike Karasiuk, mit dem er sich treffen sollte.

Die Polizeibeamtin erledigte zuerst noch allerlei Administratives, bevor sie sich mit dem abgegebenen Handy beschäftigte. Sie bemerkte, dass es zwar eingeschaltet, der Akku aber beinahe leer war. Wegen der Tastatursperre konnte nicht so einfach auf das Handy zugegriffen werden, um die IMEI-Nr. abzufragen. Deshalb öffnete sie die Polizeidatenbank, in welcher alle abgegeben Gegenstände erfasst werden. Insgesamt wurden in den letzten zwei Wochen drei Smartphones desselben Typs in der Stadt Zürich bei einer Polizeistation als vermisst gemeldet. Die jeweilige Telefonnummer war aufgeführt. Bei zwei der drei Nummern handelte es sich um Schweizer Nummern, bei einer um eine Nummer mit französischer Vorwahl. Von ihrer Amtsleitung aus wählte sie die erste der drei Telefonnummern. Sofort hörte sie die Ansage der Combox. Sie legte auf und wählte die zweite Nummer. Es dauerte eine Weile, bis sich ein Herr meldete, der sich als einer ihrer Kollegen einer anderen Polizeistation herausstellte. *Wieder Fehlanzeige.* Sie wählte die dritte Nummer und sobald die Leitung zustande kam, klingelte auch schon das Telefon vor ihr. *Volltreffer!* Das Handy gehörte also einem Maurice Tabord aus Paris. Der Name sagte ihr nichts. Sie schaute nach, wo Tabor zu erreichen war und wählte die Nummer des Hotels. „Tabord", ertönte es, nachdem die Beamtin durchgestellt worden war: „Guten Tag Herr Tabord, hier ist die

Polizeistation Riesbach an der Riesbachstraße 3 in Zürich. Soeben wurde bei uns Ihr Smartphone abgegeben, Sie können es bei uns abholen." „Merci Madame, ich komme so rasch wie möglich bei Ihnen vorbei." Die Beamtin war zufrieden. Sie half gerne und war stolz auf ihre detektivischen Fähigkeiten.

Tabord atmete auf. *In Zukunft werde ich besser auf mein Smartphone aufpassen und es bei Vergnügungs-Ausflügen vielleicht sowieso besser im Hotel lassen, dann ist auch nicht nachvollziehbar, wo ich mich aufgehalten habe.*

## 26

Ares trat aus der Tiefgarage, blinzelte in die Sonne und winkte ein Taxi heran, welches zufällig vorbei fuhr. Er nannte dem Fahrer eine Adresse, welche in der Parallelstraße zu derjenigen Straße lag, in welchem die Pension zu finden war, die Jacques genannt hatte. Er bezahlte den Fahrer und gab ihm ein Trinkgeld. Dieses durfte nicht zu hoch, aber auch nicht zu tief ausfallen. Er durfte deswegen beim Fahrer nicht in Erinnerung bleiben. Er zog den mitgebrachten Strohhut ein wenig tiefer ins Gesicht und setzte eine große, dunkle Sonnenbrille auf die krumme Nase. Gemächlichen Schrittes ging er in die Richtung zurück, aus der er mit dem Taxi gekommen war, bog bei der nächsten Ecke rechts ab, ging dann rund hundert Meter weiter und bog erneut rechts ab. Nun lag die Rue Mozart vor ihm. Einen Augenblick lang blieb er stehen und sah dann auch schon das Schild des kleinen Hotels in etwa 40 Meter Entfernung auf der linken Straßenseite. Er hatte den Eingang schnell erreicht, aber fand die Eingangstüre zu seiner Enttäuschung verschlossen vor. Ein kleines Schild wies darauf hin, dass die Rezeption erst um 17.30 Uhr wieder besetzt sei. *Nein, so leicht lasse ich mich nicht abwimmeln.* Er klingelte an der untersten Klingel des mehrstöckigen Nachbarhauses. Eine mittelalterliche, etwas zu auffällig geschminkte Dame mit Lockenwicklern öffnete ein Fenster, welches offenbar zur Küche gehörte. „Ja bitte?" „Entschuldigen Sie, Madame. Ich wollte eigentlich zu Robert, dem Hotelier. Er ist ein alter Freund von mir und ich bin ganz zufällig und kurzfristig nach Cannes gekommen und wollte ihn besuchen. Nun habe ich gesehen, dass das Hotel im Moment geschlossen ist. Wissen Sie, wie und wo er außerhalb des Hotels zu erreichen ist?" Die grellgeschminkte Dame war in ihrem Element. Sie liebte es, wenn andere Leute von ihr abhängig waren, besonders wenn es sich um Männer handelte. „Monsieur, ich vermute Robert ist zu seiner Schwester in die Schweiz gereist. Ich habe ihn vor ein paar Tagen in aller Frühe in Begleitung einer hübschen Brünette ins Auto steigen und losfahren sehen." „In die Schweiz?" staunte Ares. „Kennen Sie denn zufälligerweise die Adresse der Schwester?" „Die Adresse kenne ich nicht", flötete die Lockengewickelte, aber ich weiß, dass Sylvia und Karl, so heißt ihr Mann, denke ich, in Zürich wohnen." „Kennen Sie ihren Nachnamen? „Ich kann mich nicht so gut erinnern", murmelte die Geschminkte, verärgert darüber, dass sie eine Frage nicht beantworten konnte. „Ich glaube, es war irgendetwas mit Anis und Hans. Tut mir leid, ich kann Ihnen nicht weiterhelfen und muss mich jetzt um meine Bouillabaisse kümmern. Ohne Ares eines weiteren Blickes zu würdigen, schloss sie das Küchenfenster und zog die altmodisch rot-weiß-karierten Gardinen zu.

*Na toll! Zürich, Anis und Hans. Am liebsten hätte ich der Hexe eine Kugel verpasst – aber ja nicht auffallen.* Er beschloss, zu Fuß zu seinem Auto zurück zu gehen. Es war zwar ein ganz schönes Stück, aber er brauchte die Bewegung und die frische Luft um seine Gedanken zu sammeln und die weiteren Schritte zu planen. *Auf jeden Fall muss ich Astraios informieren.* Er suchte eine Telefonzelle und wählte Tabords Handy-Nummer, die er auswendig gelernt hatte.

27

„Hallo Astraios, hier ist Ares", tönte es aus dem kleinen Lautsprecher, den Philip Muller an das Empfangsgerät angeschlossen hatte. Zuvor hatte er verfolgt, wie Tabords Handy von der Adresse des Polizeipostens den Weg zu Tabords Hotel nahm. Er war gespannt darauf, was er zu hören bekommen würde. Er musste nur darauf achten, dass sein Chef, Karasiuk, nichts von all seinen Aktionen mitbekam, sonst wäre er wohl selbst in Gefahr. Aber der Gedanke, dass er möglicherweise den größten Fisch seines Lebens an der Angel hatte, ließ ihn nicht los. *Mit dem Verkauf von Informationen oder nötigenfalls mit Erpressung lässt sich immer gutes Geld machen. Wissen ist Macht!* Endlich könnte er sich zur Ruhe setzen und das Leben genießen, so wie er es seiner Ansicht nach auch verdient hatte. Eine Villa am Meer, eine Jacht, schicke Autos und noch schickere Girls. Er schloss die Augen und hätte beinahe die Konversation zwischen Astraios und Ares verträumt. „Astraios, ich brauche Ihre Hilfe. Ich bin im Moment noch in Cannes, muss aber nach Zürich fahren." „Nach Zürich?" fragte Astraios argwöhnisch. „Weshalb Zürich?" Ares erklärte es ihm. „Ich benötige aber ihre Hilfe". Er wiederholte die vagen Angaben der geschminkten, lockengewickelten Nachbarin über den Nachnamen der Schwester von Robert. Astraios seufzte. „Gut, ich werde sehen, was ich machen kann. Wann werden Sie in Zürich eintreffen?" „Spätestens morgen früh, ich werde mit dem Auto fahren."

„In Ordnung Ares, melden Sie sich, sobald Sie eingetroffen sind." Grußlos legte Tabord auf und starrte für ein paar Minuten ins Leere. Die Dinge wurden immer undurchsichtiger und komplizierter. Wie sollen sie weiter verfahren? Soll er die anderen informieren oder soll er die Information über Carolines Aufenthalt in Zürich vorerst noch für sich behalten? Und vor allem: Weshalb, falls diese Vermutung stimmte, hielt sich Caroline in Zürich auf? Er beschloss, wenigstens Zephyros zu informieren. Nachdem er diesem kurz die neuste Entwicklung geschildert hatte, war er froh zu hören, dass Karasiuk sich um die Nachforschungen zur Schwester von Robert kümmern würde.


Philip hatte sich vom Gespräch zwischen Tabord und dem Unbekannten Notizen gemacht. *Ares? Wer zum Teufel ist Ares? Und warum sind sie hinter dieser Caroline Meunier her und was hat diese Sylvia mit der ganzen Sache zu tun – und wer ist Robert?* Er sicherte die Sprachdatei in einer verschlüsselten Cloud und fuhr seinen Laptop herunter. In diesem Moment klingelte sein Handy und das Display zeigte „Dickhead Shmock." „Ich habe einen Auftrag für Sie", sprach Karasiuk ins Telefon, bevor Philip überhaupt etwas sagen konnte. Karasiuk erklärte Philip, was dieser bereits aus den abgehörten Gesprächen erfahren hatte. „Ich weiß, es ist nicht viel, was wir haben, aber ich bin sicher, Sie finden heraus, wie diese Schwester richtig heißt und wo sie wohnt. Melden Sie sich, sobald

sie Neues in Erfahrung gebracht haben." „Selbstverständlich, Mr. Karasiuk, Sie können sich auf
mich verlassen." Den letzten Satz hatte Karasiuk
allerdings schon nicht mehr mitbekommen, er
hatte das Gespräch vorher beendet. Philip lehnte
sich zurück. Dass Karasiuk ihn anrufen würde,
war voraussehbar. Aber wie kam er zu den ge-
wünschten Informationen? Er klappte sein Laptop
wieder auf und schaltete es ein. Er kannte sich mit
Schweizer Adressbüchern nicht aus, aber nach ei-
nigem Suchen im Internet fand er eine ganz
brauchbare Seite. Ein elektronisches Telefonbuch
für die ganze Schweiz, in welchem nach Name,
Vorname, Adresse, Wohnort oder auch nach der
Telefonnummer gesucht werden konnte. Den Rest
des Nachmittags verbrachte er damit, nach möglichen Namen zu suchen – Anis – Hans – Zürich – es
war hoffnungslos. Er brauchte die Hilfe von jemandem, der sich hier in Zürich auskannte. Doch diese
Person sollte verschwiegen und diskret sein. Da
kam ihm *die* Idee, wie er das Problem auf elegante
und dazu noch äußerst angenehme Weise angehen
könnte. Nochmals machte er sich auf die Suche im
Internet, diesmal nach einer ganz speziellen, und
das wusste er, in der Schweiz legalen Dienstleis-
tung.

## 28

Verträumt schaute Robert Caroline zu, wie sie nackt ins Bad hüpfte und dann die Dusche mit den Glaswänden betrat. Sie stellte sich unter die Dusche und begann, ihren schlanken Körper einzuseifen. In Robert stieg zwar die Lust wieder, doch er wusste, dass er nach dieser Nacht erst einmal wieder eine Pause brauchte. Er betrachtete die schöne junge Frau und bewunderte sie für ihre Intelligenz, ihre Natürlichkeit, ihren Charme und ihren Mut. Er wusste nicht, in was sie beide da hineingeraten waren. Aber es schien sich um eine große Sache zu handeln. Und wenn er ganz ehrlich war, so half nicht nur ihretwegen, sondern auch, weil er, seit er aus der Armee ausgeschieden war, nie mehr so viel Spannung erlebt hatte und er musste erkennen, dass er diese vermisst hatte. Er erhob sich vom Bett, er hatte Durst. Mit ein wenig zittrigen Knien ging er zur separaten Toilette, wo es auch ein Lavabo gab und trank Wasser vom Wasserhahn, *das tut gut!* Ein wenig erfrischt verließ er die Toilette und wollte eigentlich zu Caroline unter die Dusche steigen, *man kann es ja mal versuchen.* In diesem Moment hörte er das Klingeln seines Mobiltelefons, welches er seit dem Vorabend unbeachtet hatte herumliegen lassen. Sylvia... Er überlegte kurz, ob er den Anruf überhaupt entgegen nehmen soll, doch er entschied sich, kurz mit ihr zu sprechen. „Hallo Schwesterchen, wie geht's?." „Danke Bruderherz, alles gut – und bei Euch?" „Danke, wir vertiefen unsere Beziehung." Robert grinste, als er an die Doppeldeutigkeit seiner Worte dachte. „Hör mal mein Lieber, Folgendes: Karl muss morgen für ein paar Tage geschäftlich nach München und ich würde ihn gerne begleiten. Da ja Eure Dokumente immer noch bei uns im Safe liegen, schlage ich vor, dass Ihr zu uns kommt, und ich Euch den Schlüssel zur Wohnung und auch den Code für den Safe gebe. Dies für den Fall, dass Ihr die Dokumente vor unserer Rückkehr benötigt. Natürlich könnt Ihr auch bei uns wohnen, wenn Ihr möchtet. Wenn wir nicht da sind, gibt es ja Platz genug." „Danke Sylvia, das ist sehr nett, aber uns gefällt es hier, es ist ruhiger als in Zürich. Wann sollen wir denn kommen?" „Kein Problem Robert. Hauptsache, Ihr fühlt Euch wohl! Wie wäre es heute zum Abendessen, so um 18.30 Uhr?" „Prima Sylvia, vielen Dank. Ich bringe einen guten Wein mit!" „Tschüss dann mein Lieber und überanstrenge dich nicht, in deinem Alter kann das gefährlich sein." Bevor er irgendetwas entgegnen konnte, brach sie das Gespräch ab und wusste, dass Robert sich noch mindestens eine Stunde lang über ihre letzte Bemerkung ärgern wird, *Hihihi!* Robert wollte nach dem Gespräch mit Sylvia zu Caroline in die Dusche steigen, als diese zu seiner Enttäuschung bereits im Bademantel ins Zimmer trat. *Na ja, dann verschieben wir das eben.* Er erzählte ihr von Sylvias Anruf. „Es ist sehr nett von deiner Schwester, dass sie so viel Vertrauen hat, zumal sie mich ja nicht kennt." „Aber sie kennt mich!" Sie beschlossen, zum See zu

fahren und noch ein wenig zu spazieren, frische
Luft und Bewegung konnten ja nicht schaden.

## 29

Ares beschloss, nach dem Abendessen loszufah-
ren. Es würde genügen, wenn er am anderen Morgen in Zürich eintraf und nachts kam man sowieso
besser voran. Er fuhr sein Auto aus der Tiefgarage
und prüfte bei einer Tankstelle den Füllstand der
Flüssigkeiten, sowie den Reifendruck der vier Spe-
zialreifen, welche für lange Fahrten mit sehr hoher
Geschwindigkeit ausgelegt waren. Dann füllte er
Benzin nach und der ältere Herr an der Zapfsäule
nebenan wunderte sich, dass Ares' Wagen auf jeder
Seite je eine Tanköffnung besaß und dass Ares
diese auch benutzte. Auch dies war eine Spezialanfertigung. Den zweiten Tank, insgesamt stand
Ares ein Fassungsvermögen von rund 120 Litern
Benzin zur Verfügung, hatte er eigenhändig einge-
baut. Zwar ging ein Teil der Kofferraumkapazität
verloren, doch konnte er jetzt bei zurückhaltender
Fahrweise weit über 1'500 Kilometer ohne Stopp
zurücklegen. Wenn er jedoch den rund 400 Pferde-
stärken starken Turbomotor richtig forderte, lagen
auch mal nur 800 Kilometer drin. Dafür hängte er
fast jeden Verfolger, und die Polizei ohnehin, mit
Leichtigkeit ab. Nachdem er sich davon überzeugt
hatte, dass sein Wagen wie immer in tadellosem

Zustand war und die beiden Tanks bis zum Rand
gefüllt waren, besorgte er sich im Tankstellenshop
eine Kleinigkeit zum Essen und einige kleine Do-
sen eines koffeinhaltigen Getränkes für unterwegs. Seine Einkäufe verstaute er in der zwischen
den beiden Sitzen auf der Rücksitzbank eingebau-
ten Kühlbox, welche an eine separate Batterie im
Kofferraum angeschlossen war. Er überzeugte sich
nochmals, dass die Tasche, in welcher er die Waffen und die Munition aufbewahrte, gut gesichert
und auf den ersten Blick unsichtbar in ihrem Versteck unter den Rücksitzen lag. Nach einem kurzen Blick auf die Straßenkarte, er hatte sich inzwischen für die Route via Genf entschlossen, startete
er den Motor und schaltete das Navigationsgerät
aus. Niemand soll seinen Weg ab jetzt nachvollziehen können. Er bog langsam in die Autobahnein-
fahrt ein und gab dann Gas. *Ich liebe den Klang des
röhrenden V8!*

## 30

Philip verbrachte eine gute Stunde damit, das
Internet nach Agenturen zu durchsuchen, welche
High-Class-Escort Damen anboten. Er staunte,
wie viele Agenturen es gab, aber die wenigsten
sprachen ihn an. Endlich hatte er eine vielverspre-
chende Agentur gefunden. Es gab Bilder der Damen, jedoch ohne dass ihre Gesichter zu erkennen

waren. Auch war eine Beschreibung ihrer äußeren Qualitäten, ihres Lieblingsgetränkes und ihres Lieblingsparfums angegeben, jedoch wurde nichts davon erwähnt, welche sexuellen Praktiken sie anboten. Auch Preise waren auf der Homepage nicht zu finden. Wohl aber die Information, dass alle Damen entweder einen akademischen Abschluss hatten oder noch im Unistudium waren und dass alle Girls Schweizerinnen oder zumindest in der Schweiz aufgewachsen waren. Die Damen hatten ausnahmslos eine tadellose Figur und Philip ließ sich gerne überraschen. Er wählte die Nummer der Agentur und „Dominique", Leiterin der Agentur, antwortete umgehend. „Blühende Rose, guten Tag, wie kann ich helfen?" „Hallo, mein Name ist Philip, ich suche eine nette Begleitung." „Da sind Sie bei uns richtig, was stellen Sie sich denn vor und wo kann die Dame Sie besuchen?" Als Philip den Namen des Hotels nannte, rümpfte Dominique die Nase. Normalerweise vermittelte sie die Damen nicht zu Herren, welche nicht mindestens in einem 4-Sterne Hotel logierten. Das Hotel in dem dieser Philip wohnte war zwar nett, aber auf mehr als 3 Sterne kam es sicher nicht. „Für wie lange wollen Sie die Dame denn buchen?" „Für mindestens 3 Stunden!" „Die Stimmung Dominiques hob sich. *Immerhin ist dieser Philip nicht knausrig.* Sie nannte ihm das überaus stolze Honorar und er brummte nur „Kein Problem." In der Tat ließ ihn die hohe Summe kalt, denn er hatte ein sehr großes Spesenbudget und er hätte sich davon auch leicht einen 24-Stunden-Besuch leisten können. „Welche der Damen ist denn umgehend, das heißt, innerhalb der nächsten Stunde verfügbar?" Dominique schaute kurz in ihrem Terminkalender nach. „Ich könnte ein Treffen mit Julia, Sascha oder Sarah innerhalb der nächsten Stunde organisieren. Die Details der Damen können Sie unserer Homepage entnehmen. Kaum hatte Dominique die Namen genannt, hatte Philip diese auch bereits auf der Homepage gefunden und die Profile der Damen nochmals angeschaut. Sarah war ihm schon vorher aufgefallen, eine kleine, schwarzhaarige, 24jährige Jura-Studentin mit einem makellosen Körper. „Können Sie Sarah bitten, mich aufzusuchen?" „Sehr gerne, ich melde mich in ein paar Minuten nochmals, sobald ich Sarah erreicht habe und sie bestätigt hat." Schon nach fünf Minuten erhielt Philip den Rückruf mit der Bestätigung über Sarahs Besuch. „Sarah wird in genau 45 Minuten bei Ihnen sein. „Darf ich Sie noch um Ihre Zimmernummer bitten?" „Es ist die 312." „Danke, bitte übergeben Sie Sarah das vereinbarte Honorar für drei Stunden am Anfang des Treffens in einem Briefumschlag. Sollten Sie verlängern wollen, wird Ihnen Sarah die Konditionen bekannt geben." „Danke, auf Wiederhören." Philip schaute auf die Uhr. Es blieb noch genügend Zeit für einen Power-Nap und eine Dusche, Er wollte in Form sein.

## 31

Katarina Jernovaia runzelte die Stirn und schüttelte zum 21. Mal ihren hübschen Kopf mit den langen, seidigen, blonden Haaren. Sie war seit fünf Jahren die technische Assistentin von Oleg Pravko und arbeitete seit rund 8 Jahren bei Sibir Pharma. Auch sie war Teil des Forscherteams, welches sich zum Ziel gesetzt hatte, ein Medikament gegen HIV zu finden. Man hatte schon gute Fortschritte gemacht und war in der Lage, die Verbreitung des HI-Virus zu hemmen und die Lebensqualität der Patienten zu verbessern. Was sie nun aber den letzten Testresultaten entnehmen konnte, verstand sie nicht, denn plötzlich schien es, als ob man bei den Forschungen um zwei Jahre zurückgeworfen worden sei. *невозможный – unmöglich*, stöhnte sie verzweifelt. Ihr beruflicher Ehrgeiz hatte ihr nie gestattet, mit Rückschlägen umgehen zu können. Beinahe hätte sie zu weinen begonnen. Sie hätte gerne das Gespräch mit Oleg Pravko gesucht, aber dieser war, wie er sagte, zu einem Treffen irgendwo in Westeuropa gereist. Was soll sie tun? Natürlich könnte sie die Resultate auch mit einem ihrer Kollegen besprechen. Aber wenn dieser die Antwort auf die Fragen hatte, so würde er die Lorbeeren einheimsen und sie stünde als Dummchen da. *Nein, ich muss es selbst herausfinden und versuchen, Oleg erreichen, vielleicht weiß er ja mehr.* Sie wählte Olegs Nummer und augenblicklich hörte sie den von Oleg gesprochenen Text auf seiner Combox. *Was tun?* Auch die anderen Mitarbeiter der Firma wussten nicht, wo sich Oleg genau aufhielt und wann er zurückkommen würde. *Wie seltsam.* Sie griff zu ihrem Handy und schrieb eine Textnachricht an Melanie Hull. Sie beide hatten sich letztes Jahr an einem Symposium in Frankfurt kennengelernt und wurden beste Freundinnen. Melanie arbeitete bei Pharmanova und war ebenfalls in der HIV-Forschung tätig. Ihr Chef, Robin Powley, war ein überaus fähiger Mann und sehr gut vernetzt. Vielleicht wussten ja Melanie oder Robin, wo sich Oleg aufhielt. Katarina sah, dass ihre Nachricht an Melanie zwar im Posteingang von Melanie angekommen, aber noch nicht von ihr gelesen worden war. *Ok, abwarten. Dann fange ich halt mit dem Überprüfen der Resultate nochmals von vorne an.* Katarina setzte sich vor ihren Computer und begann erneut, die Resultate, welche fast zwei Jahre alt waren, mit den neusten zu vergleichen.

32

Nach dem Spaziergang am See, gerne hätten sich auch darin abgekühlt, aber an Badekleidung hatten beide nicht gedacht und um nackt zu baden, gab es zu viele Leute, machten sich Caroline und Robert auf den Weg zu Sylvia und Karl. Unterwegs besorgte Robert noch zwei Flaschen eines übertrieben teuren Bordeaux. Sylvia und Karl waren ausgesprochen aufmerksame Gastgeber und Caroline fühlte sich sehr willkommen. Nach einigen Digestifs und viel Gelächter, zeigte Sylvia den beiden den im Büro auf dem Boden stehenden und an der Wand festgeschraubten Tresor. Er hatte die Form eines Würfels, dessen Kantenlängen rund 80 cm betrugen. Der Tresor besaß eine elektronische Sicherung mit einer 6-stelligen Zahlenkombination. Sylvia nannte den Code und erklärte, welche Tasten anschließend noch gedrückt werden mussten, um den Safe zu öffnen. Es war eigentlich ganz einfach. *Hoffentlich können wir uns die Kombination merken,* dachte Robert. Caroline dachte offenbar dasselbe, denn sie schaute Robert aus den Augenwinkeln an und hob fast unmerklich die Augenbrauen, sagte aber nichts. Nun übergab Sylvia Robert auch noch den Schlüssel zur Wohnung. „Dieser passt auch zur Eingangstüre des Wohnhauses und zum Briefkasten. Es wäre nett, wenn ihr ihn zwischendurch mal leeren könntet." „Das machen wir gerne", versprach Robert. Mit den in der Schweiz üblichen drei Wangenküssen und einer Umarmung verabschiedeten sie sich voneinander. „Wir sind in ein paar Tagen zurück. Wir melden uns, sobald wir wissen, wann genau. Macht's gut Ihr beiden." Caroline und Robert gingen zu ihrem Wagen und setzten sich hinein. Beide waren recht müde und insgeheim bedauerten sie es, dass sie Sylvias Angebot, bei ihr wohnen zu können, abgelehnt hatten und nun noch eine halbe Stunde bis zu ihrem Hotel fahren mussten.

## 33

Tabord alias Astraios ging ruhelos in seinem Hotelzimmer auf und ab. Er hatte ein ungutes Gefühl und sein Gefühl hatte ihn noch nie im Stich gelassen. Da war die Sache mit George Schmidt, Marie Labelle, Caroline Meunier und ihrem Begleiter Robert, was auch immer er für eine Rolle spielte, und seinem verlorenen aber glücklicherweise wiedergefundenen Mobiltelefon. Er beschloss, vor der geplanten Sitzung alle Mitglieder einzeln noch einmal zu kontaktieren und sich ihre Teilnahme bestätigen zu lassen. Zu seiner Erleichterung waren alle erreichbar und Zephyros, Skiron, Euros und Apheliotes bestätigten, dass sie sich pünktlich am üblichen Treffpunkt im Hinterzimmer der Kneipe einfinden würden. Tabord starrte auf die Liste mit den griechischen Götternamen. Eigentlich wusste er nicht mehr so genau, warum sie gerade die Namen von griechischen Göttern als Tarnnamen gewählt hatten und die Frage war auch, ob diese wirklich nötig waren. Andrerseits konnte es sicher nicht schaden, in gewissen Momenten einen Tarnnamen zu verwenden, denn was sie taten, musste unter allen Umständen geheim bleiben. Zuviel stand auf dem Spiel. Es ging um Milliarden, zigtausende Arbeitsplätze, Existenzen, Karrieren, ja sogar um Menschenleben. Tabord ließ sich auf den einzigen Sessel in seinem Hotelzimmer sinken und begann zu überlegen, wieviel von dem, was passiert war und von dem er wusste, er seinen Kollegen mitteilen sollte. *Meinen Aufenthalt im Club und die Geschichte mit dem Mobiltelefon werde ich aber bestimmt nicht erwähnen*, dachte er, innerlich grinsend.

## 34

Zwei Minuten vor dem vereinbarten Termin, klopfte es leise an Philips Zimmertüre. Er öffnete im Bademantel und wurde nicht enttäuscht. Sarah sah in der Realität noch besser aus, als auf den schwarz-weiß-Fotos auf der Homepage der Agentur. Sie war zwar klein und reichte Philip nur etwa bis zur Brust, aber ihre Bluse und der kurze Rock ließen erahnen, welch wunderschönen Körper Sarah ihr Eigen nannte. Sie betrat das Zimmer mit geschmeidigen Schritten, elegant und doch nicht zu gekünstelt. Philip schloss schnell die Türe. „Trinken wir zuerst einen Schluck zur Begrüßung" schlug er vor. Er hatte zuvor eine Flasche Champagner von der Hotelbar auf sein Zimmer bringen lassen. „Den billigsten Champagner den sie haben bitte." Seiner Meinung nach, sprachen Frauen sehr auf Champagner an, wenn es um Sex ging, konnten aber einen billigen nicht von einem teuren unterscheiden. Er übergab Sarah den Briefumschlag, welchen sie nur kurz öffnete, dann aber, ohne das viele Geld - *ich verdiene in den drei Stunden 1'200 Franken netto, und das steuerfrei!* - nachzuzählen in ihre Tasche steckte. Robert wandte sich kurz ab um die Champagnerflasche zu öffnen und als er sich mit zwei gefüllten Gläsern wieder Sarah zuwandte, stand sie bereits nackt vor ihm. Offenbar hatte Sarah keinen Wert darauf gelegt, unter der Bluse und dem Rock noch weitere Kleidungsstücke zu tragen. Sie schmiegte sich an ihn und zog seinen Kopf herunter um ihm einen innigen Kuss zu geben. „Nun mein Süßer, welche Wünsche darf ich dir erfüllen." Er gab ihr ein Glas in die Hand, hob das seine und prostete ihr zu. Dann nannte er seine Wünsche. Sie schien nicht sonderlich überrascht zu sein, offenbar wurden solche Wünsche ab und zu geäußert. Philip war ganz zufrieden mit Sarahs Künsten, *die Kleine hat was!* Aber sein Wunsch, möglichst rasch mehr Informationen über Anis und Hans zu erfahren war mindestens genauso groß wie die Lust auf die junge Frau. Als Sarah aus dem Bad zurückkam, wo sie sich nach der ersten Runde auffrischte, erklärte Philip: „Ich suche eine alte Kollegin. Sie ist Französin und hat einen Schweizer geheiratet. Ich weiß nur, dass sie in Zürich wohnen. Sie heißt Sylvia und der Familienname des Ehemannes enthält etwas wie Anis und Hans. Es scheint ein typisch schweizerischer Name zu sein. Kannst Du mir helfen, die Adresse herauszufinden?" „Ich kann's gerne versuchen." Sarah war eher amüsiert, denn erstaunt. *Ich werde bezahlt, um ein wenig im Internet zu surfen, statt zu ficken, mal etwas Anderes.* Philip startete den Laptop und schob ihn zu Sarah. Sie rief die auch schon von Philip besuchte Seite mit dem Telefonverzeichnis aus und versuchte verschiedenste Kombinationsmöglichkeiten mit den bekannten Angaben. Aber ohne Erfolg. Sie öffnete eine Internet-Suchseite und gab die Begriffe ein. *Auch nichts. Welche Namen gibt es mit Anis und Hans?* Plötzlich hatte sie einen Einfall. Letztes Jahr hatte sie während den Semesterferien bei einer Versicherung gearbeitet. Der Marketingleiter damals hieß Aenishänslin. *Ist das gemeint?* Sarah suchte weiter im Telefonbuch. „Here you are!" Sarah strahlte und war stolz darauf, nicht nur eine gute Geliebte, sondern auch mit Intelligenz gesegnet worden zu sein. Philip staunte: Aenishänslin, Karl u. Sylvia, Sonnentalstrasse 712b, 8007 Zürich, Tel. 043 244 415 678. *Unglaublich!* Sollte dies tatsächlich die richtige Adresse sein, so war die Kleine ein Mehrfaches von dem Wert, was er ihr bezahlt hatte. Inzwischen war eine gute Stunde vergangen. *Noch zwei Stunden kann ich sie genießen, also los!* Er warf Sarah aufs Bett, was sie mit einem Lachen quittierte.

## 35

Ares kam gut voran. Nur in der Nähe von Lyon wurde seine Fahrt von einer zehn Kilometer langen Baustelle - *wieso bauen die immer im Sommer während der Hauptreisezeit?* - verzögert. Nun war er kurz vor Genf und hoffte, dass er nicht in eine der stichprobeartigen Grenzkontrollen geriet. Grundsätzlich hatte man ja in Europa freie Fahrt. *Aber bei den Schweizern weiß man nie, die sind so pedantisch.* Aber alles verlief ohne Zwischenfälle. An der Grenze war nur auf der französischen Seite ein verschlafener Beamter der Gendarmerie zu sehen, den aber Ausreisende nicht interessierten. Seine Knabbereien hatte Ares schon längst aufgegessen, nur Getränke waren noch da. Er verspürte Hunger und hatte außerdem Lust auf Kaffee. Bei einer großen Autobahnraststätte kurz nach Genf bog er auf den fast leeren Parkplatz ein. Nur die für Lastwagen reservierten Parkplätze waren voll belegt. *Ach ja, in der Schweiz besteht ja ein Nachtfahrverbot für Lastwagen, dafür darf man auf Autobahnen nur 120 km/h fahren und die Bussen sind teuer*, dachte er, sich ärgerlich an eine schmerzliche Busse erinnernd, die er vor zwei Jahren auf einer Ferienreise eingefangen hatte. Glücklicherweise blieb es bei der Busse und er erhielt kein Fahrverbot für die Schweiz, sonst wäre er eventuell aufgefallen. *Die Autonummern werden ja heutzutage vollautomatisch registriert und überwacht.* Er hatte es sich zur Gewohnheit gemacht, seinen Wagen jeweils so zu parken, dass er den Ort möglichst rasch, das heißt ohne rückwärts aus einem Parkplatz fahren zu müssen, verlassen konnte. Viele Möglichkeiten, das Auto an der Autobahnraststätte so zu parken, gab es hier jedoch nicht. Bei lediglich vier Parkplätzen war dies möglich und diese lagen im Dunkeln, was ihm nicht gefiel. Trotzdem stellte er seinen Wagen auf eines der vier Felder. Da die Küche in dieser frühen Stunde noch geschlossen war, überredete er (20 Franken) die nette Dame hinter der Theke im Restaurant, ihm drei Rühreier mit Speck (15 Franken) zuzubereiten. Dazu ein heißer, starker Kaffee und die Welt war wieder in Ordnung. Als er nach dem Frühstück wieder ins Freie trat, sah er einen Schatten bei seinem Wagen. Dieser bewegte sich kaum. Trotzdem erkannte er, dass sich die Gestalt an der Fahrertüre zu schaffen machte. Seine innere Alarmglocke schrillte und mit der Geschwindigkeit eines Leichtathleten war er mit großen, dank seinen gummibesohlten Schuhen lautlosen Schritten, bei seinem Wagen. Als die Gestalt eine Bewegung hinter sich wahrnahm, war es bereits zu spät. Mit einem kurzen, kräftigen Ruck hatte Ares dem sogar etwas größeren Mann seinen Kopf nach links und gleichzeitig nach hinten gedreht. Das Geräusch des brechenden Genicks war kaum zu hören und bevor der Mann zusammensackte, hielt Ares ihn auf, blickte sich um und stellte erleichtert fest, dass es offenbar keine Komplizen gab und niemand auf dem menschenleeren Parkplatz den Zwischenfall mitbekommen hatte. Rasch schleppte er den Mann hinter ein Gebüsch, wo es nach Urin und Kot stank. *Selber Schuld, jetzt hast Du die Scheiße!* Ares ging, sich vergewissernd, dass ihn auch beim Verlassen des Gebüsches niemand gesehen hatte, zurück zum Wagen und überprüfte das Schloss. Zwar war es noch intakt, jedoch waren eindeutig Spuren des versuchten gewaltsamen Öffnens erkennbar. *Ich muss das Schloss möglichst schnell in Ordnung bringen lassen, aber die Ausbildung bei der Légion Etrangère war eben doch zu etwas gut!* Zufrieden darüber, wie er die Situation gemeistert hatte, fuhr er weiter Richtung Zürich. *In rund drei Stunden werde ich dort sein, dann sehen wir weiter.*


## 36


Das Mobiltelefon von Katarina Jernovaia piepste und zeigte an, dass eine Nachricht eingegangen war. Es war eine Sprachnachricht von Melanie. Katarina hasste Sprachnachrichten, denn sie trafen meist dann ein, wenn es nicht passend war, sie abzuhören. Und ihr Freund war nebst alkohol- auch eifersüchtig. Er war beinahe 25 Jahre älter als sie und eigentlich kein netter Mensch. Aber er hatte ihr Studium finanziert und finanziell war sie, mit ihrem mehr als bescheidenen Lohn, auch jetzt noch von ihm abhängig, was ihr in ihrem Bekanntenkreis den Ruf einer Schlampe eingebracht hatte. *Wenn die Leute wüssten, wie viele Male ich fremdgevögelt habe, dann würden sie sich noch ganz andere Ausdrücke für mich einfallen lassen*, dachte sie und erinnerte sich gerne an das Erlebnis vom Vortag mit einem völlig Fremden, der sie in der Umkleidekabine eines Warenhauses so vernaschte, dass es bestimmt alle im Umkreis von zehn Metern mitbekommen hatten. Katarina nahm den Kopfhörer und schloss ihn ans Handy an. Jetzt konnte sie die Sprachnachricht ungestört abhören: „Hallo mein Herz, wie geht es dir?" Es tat gut, Melanies Stimme zu hören. „Wir haben ja lange nichts mehr voneinander gehört, wann war das letzte Mal, vor einer Woche?" Melanie hatte ihren ganz eigenen Humor, der Katarina aber gefiel. Sie verstanden sich gut und dies auf Anhieb. „Ich bin im Moment an einer Weiterbildung. Diese dauert noch eine gute Woche. Hast Du nicht Lust, mich danach zu besuchen? Ich habe dann eine Woche Urlaub. Meinetwegen nimm deinen Financier mit, dann kann er das Ticket bezahlen!" Katarina wusste nicht, ob sie sich über die Einladung Melanies freuen, oder sich über ihren Seitenhieb ärgern soll. Sie entschloss sich für die erste Variante und begann zu schreiben. Sie mochte es auch nicht, Sprachnachrichten zu senden. „Hallo, Du Hexe. Danke für deinen Vorschlag, aber ich weiß nicht, ob ich hier weg kann. Meinen Freund nehme ich sicher nicht mit. Ich schenke ihm zwei Flaschen Wodka, dann ist er beschäftigt. Und die Kosten für das Ticket bekomme ich schon irgendwie zusammen. Das Problem ist, dass mein Chef Oleg seit ein paar Tagen weg ist und niemand genau weiß, wo er sich aufhält und wann er wiederkommt. Hat dein Chef vielleicht eine Ahnung? Die beiden kennen sich ja. Ich schreibe dir, sobald ich mehr weiß, kissss." Kaum hatte Katarina die Nachricht gesendet, sah sie auch schon, dass sie von Melanie gelesen worden war. Es dauerte vier Sekunden – *verdammt, wie schaffen es die Leute, so schnell auf dem Handy zu schreiben?* – bis die Antwort von Melanie eintraf. „Ich weiß, wo dein Chef ist. Er ist in Zürich!" Völlig verdutzt starrte Katarina auf ihr Handy. Was um Himmels willen hatte Oleg in Zürich zu tun? Sibir Pharma unterhielt keine Geschäftsbeziehungen mit der Schweiz und auch von Kongressen, Seminaren oder Weiterbildungen in Zürich war ihr nichts bekannt. Gespannt wartete sie auf die Antwort von Melanie auf ihre Frage: „????"

## 37

Philip und Sarah hatten zusammen ziemlich alles gemacht, was zwischen Mann und Frau möglich ist. Und Sarah musste zugeben, was sie ein wenig ärgerte, denn sie hatte sich vorgenommen, Emotionen bei ihren Aufträgen immer wegzulassen, dass es ihr mit Philip Spaß machte. Zwar war dieser Mann nicht wirklich ihr Typ und auch viel zu alt. Aber erstens hatte er trotz seiner ein wenig dominanten Art Charme und zweitens wusste er, welche Knöpfe er bei ihr zu drücken hatte. Und wie! Philip ging es ähnlich. Er hatte schon viele Frauen für Sex bezahlt oder sie sonst wie gnädig gestimmt.

Darunter waren auch echte Models und Schauspielerinnen gewesen. Und manchmal, und dies amüsierte Philip köstlich, bezahlte sein Arbeitgeber diese Abenteuer, welche er unter „außerordentliche Spesen ohne Beleg" verbuchte. Karasiuk visierte die Spesenbelege ohne mit der Wimper zu zucken. Philip war sich bewusst, dass Karasiuk keinen Moment lang glaubte, dass Philip die Spesen nicht für persönliches Vergnügen verwendete. Aber es war eine Art stillschweigendes Abkommen: Großzügigkeit und Wegsehen im Gegenzug für uneingeschränkte Loyalität. So war beiden geholfen. So glaubte wenigstens Karasiuk. Philip hatte sich deshalb etwas überlegt: „Hör mal, Sarah. Ich werde noch einige Tage in Zürich bleiben. Wenn Du möchtest, können wir eine private Vereinbarung treffen, ohne Agentur. Ich weiß, dass Du das eigentlich nicht darfst....." „Wie sähe diese Vereinbarung denn aus?", fragte Sarah, nun neugierig und gierig aufs Geld geworden. „Nun, Du könntest mir in den Tagen, in denen ich in Zürich bin, zur Verfügung stehen. Ich würde hier, in demselben Hotel ein größeres, bequemeres Zimmer mieten. Bedingung wäre, dass Du mir uneingeschränkt zur Verfügung stehst und uns, abgesehen vom Hotelpersonal, niemand zusammen sieh. Auch sollst Du das Zimmer in dieser Zeit nicht verlassen. Und ich möchte, dass Du nie irgendwelche Fragen stellst über das, was ich tue." „Das tönt schon nicht schlecht, aber ich muss lernen, in zwei Monaten habe ich Zwischenprüfungen." „Das sollte kein Problem sein. Du kannst alles herschaffen, was Du zum Lernen benötigst. Internet hast Du auch und Du kannst dir auch jederzeit etwas zu Essen oder zu Trinken aufs Zimmer kommen lassen, sofern das Hotelrestaurant geöffnet ist." „Was wäre dies denn Wert?" Ich bezahle dir zweitausend Franken pro Tag und garantiere mindestens drei Tage. Sollte ich vorher abreisen müssen, so bekommst Du die sechstausend trotzdem. Aber Du darfst niemanden darüber informieren, wo Du dich aufhältst. Was denkst Du?" Sarah überlegte kurz. Natürlich gefiel ihr die Aussicht, mit ein wenig Spaß in so kurzer Zeit so viel Geld zu verdienen. Andrerseits mochte sie die Einschränkung ihrer persönlichen Freiheit nicht und die Bedingungen tönten seltsam. *Wieso darf uns niemand zusammen sehen? Wieso darf ich das Zimmer nicht verlassen?* „Wirst Du denn immer anwesend sein?", fragte sie zweifelnd. „Nein. Sehr häufig, aber nicht immer. Es kann sein, dass ich mal für ein paar Stunden weg bin, vielleicht aber auch mal länger." Sarah überlegte kurz. „OK, machen wir das so. Aber ich habe auch eine Bedingung!" „Und die wäre?" „Ich möchte Fesselsets, Handschellen, Gerten und so weiter, ich stehe drauf!" Sie errötete leicht, als sie dies sagte, denn normalerweise übte sie solche Praktiken nur mit Leuten aus, die sie gut kannte. Philip grinste. „Baby, beschaffe das nötige Zeugs, falls Du es nicht schon hast und ich werde dir zeigen, was es bedeutet, wenn ich die Führung übernehme." Er fischte fünf einhundert Franken Noten aus der Außentasche seines Anzugs und gab sie ihr. „Für deine Einkäufe. Ich habe heute noch zu tun, deshalb schlage vor, dass unser Deal ab morgen früh gilt. Bitte sei um acht Uhr hier." Sarah strahlte. Da hatte sie wohl einen dicken Fisch an Land gezogen. Jetzt musste sie nur noch kurz zur Agentur fahren und deren Provision abliefern. Sobald Sarah gegangen war, setzte sich Philip an seinen Laptop und rief den passwortgeschützten Ordner auf, in welchem die Telefonate von Tabord automatisch auf Philips Laptop gespeichert wurden. Es gab insgesamt vier Sprachdateien. Drei waren irrelevant. Ein Gespräch von Tabord mit seiner Frau, eines mit seinem Treuhänder und eines mit seiner Geliebten. Aber die vierte Nachricht war interessant. Tabord trommelte die anderen Mitglieder der Gruppe zusammen. Philip wusste zwar, wer sie waren, doch welche Gemeinsamkeit und welches gemeinsame Ziel sie hatten, das musste er noch herausfinden. *Wissen ist Macht!* Kaum hatte er die Datei abgehört, klingelte sein Handy: „Dickhead Shmock" zeigte das Display an. „Guten Tag, Mr. Karasiuk, was läuft?" „In zwanzig Minuten im Café in der Nähe des Treffpunkts vom letzten Mal." Bevor Philip antworten konnte, wurde die Leitung wieder unterbrochen. *Asshole.* Zum Glück wusste Philip, welchen Treffpunkt sein Chef meinte.

## 38

Caroline und Robert saßen wieder am See und genossen die Sonne des Augusttages. Die vergangenen zwei Stunden hatten sie diskutiert, wie sie in Carolines Angelegenheit weiterkommen könnten. Auch ein Telefongespräch mit Professor Max Braun, hatte leider keine weiteren Erkenntnisse gebracht. Er hatte ihnen lediglich die Information geben können, dass keiner der fünf CEOs von Pharmalead, Laboratoires Etoiles, Pharmanova, Sibir Pharma und Artiantiquus erreichbar war und dass deren Sekretärinnen keine Auskunft darüber geben konnten, wann mit der Rückkehr des jeweiligen Chefs zu rechnen war. War dies ein Zufall? Was ging hier vor? Der Anruf von Charles Séguin kam überraschend und Robert meldete sich erfreut: „Hallo alter Schwede, wie geht's wie steht's?" „Bei mir, im Gegensatz zu dir, steht gar nichts, alter Kumpel", witzelte Charles. Robert wusste genau, dass Charles immer aktiv war und dass es ihm, dank seines Aussehens und seines immer noch durchtrainierten Körpers nie an Gelegenheiten mangelte, Spaß mit dem weiblichen Geschlecht zu haben. „Aber ich habe eine Information für dich: Du weißt, dass wir dies offiziell gar nicht können und schon gar nicht dürfen, aber ich habe mal die Mobiltelefone von Maurice Tabord, Mike Karasiuk, Robin Powley, Erich Meister und Oleg Pravko orten und Gespräche erfassen lassen. Tabord hatte und hat mit den vier anderen Herren regelmäßig Kontakt. Die Gespräche dauerten jeweils nur kurz. Die Bewegungsmuster der fünf Mobiltelefone ergab, dass sich die feinen Herren meistens ein bis zwei Stunden nach dem Gespräch mit Tabord am selben Ort trafen." Robert pfiff durch die Zähne: „Alter Junge, das ist ein Ding." „Das ist noch nicht alles", sagte Charles absichtlich langsam, um die Spannung zu erhöhen und auch die anschließende Kunstpause musste sein. Er kostete Roberts spürbare Ungeduld voll aus. Er stellte sich Robert vor, wie er von einem Bein aufs andere hüpfte. „Also, wir konnten den Ort des jeweiligen Treffpunkts ziemlich genau lokalisieren. Es ist eine einfache Kneipe in der Altstadt von Zürich. Und noch etwas haben wir entdeckt: Bei Tabords Telefon haben wir ein Störsignal entdeckt." „Ein Störsignal?" wiederholte Robert unsinnigerweise. „Was hat dies zu bedeuten?" „Nun, ein Störsignal kann verschiedene Ursachen haben. Eine der Möglichkeiten ist aber, dass Tabords Telefon abgehört wird. Mein Guter, wo bist Du da reingeraten, und ich meine damit nicht deine Süße?" Robert ignorierte Charles Anzüglichkeit und zuckte mit den Achseln, als ob Charles in sehen könnte. „Ich habe keine Ahnung, mon ami, aber langsam wird mir bange. Die Sache wird zu groß für mich." „Verstehe Robert, ich werde mal schauen, was ich tun kann, um das Ganze zu einer offiziellen Angelegenheit zu machen, dann kann ich dir vielleicht noch ein wenig mehr Unterstützung bieten." „Du hast mir und Caroline schon mehr geholfen, als wir erwarten konnten. Vielen Dank Charles, Du hast etwas gut bei mir!" „Dann stelle mich der Schwester deiner Begleitung vor, falls sie eine hat, ich melde mich wieder." Robert erzählte Caroline, was er von Charles erfahren hatte. Sie wurde ernst. „Meinst Du, dass es noch gefährlicher wird? Ich möchte nicht wie die arme Marie enden." Plötzlich überfiel sie wieder Traurigkeit. Wie fühlte sich am Tod von Marie mitschuldig, auch wenn sie wusste, dass sie dafür nicht verantwortlich war. Robert war sensibel genug, nichts weiter zu sagen, nahm sie in den Arm und war einfach für die da. Das war alles, was Caroline im Moment brauchte.

## 39

Ares fluchte. Die Fahrt nach Zürich verlief problemlos und schnell. Aber nun war er in den morgendlichen Pendlerverkehr geraten und er kannte Zürich nur sehr schlecht. Er hatte von Astraios eine Wegbeschreibung zu einem Hotel im Zentrum der Stadt erhalten, in dem dieser ein Zimmer für ihn reserviert hatte. Aber offenbar war die Wegbeschreibung nicht aktuell, oder nicht präzise genug. Jedenfalls fuhr Ares immer wieder in die falsche Richtung. Entweder, weil die Richtung der Einbahnstraßen offenbar geändert worden war oder wegen Umleitungen durch Baustellen. Das Navigationsgerät musste ausgeschaltet bleiben und das

Anhalten, um den Stadtplan zu studieren, war gar nicht so einfach. Endlich fand er einen Parkplatz und parkte den Wagen in einer eleganten Kurve. Er holte den Stadtplan von Zürich hervor und blickte aus dem Fenster. An der Straßenecke gegenüber, sah er eine Tafel mit dem Straßennamen an einer gepflegten Hausfassade hängen. Er orientierte sich kurz und studierte dann den Stadtplan. Er hatte einen ausgeprägten Orientierungssinn und wusste jetzt, wie er rasch zum Hotel gelangen konnte. *Eigentlich bin ich gar nicht so schlecht gefahren, das Hotel ist ja ganz in der Nähe. Verflixte Grüne mit ihrer Anti-Auto-Politik!* Innert 10 Minuten traf er trotz des morgendlichen Staus beim Hotel ein und fuhr sein Auto in die Hotelgarage. Dort parkte er seinen Wagen in eine Parkbucht, nahm seinen Koffer mit den Kleidern und die Tasche mit den Waffen und fuhr mit dem Fahrstuhl zur Rezeption. Schnell wies man ihm ein Zimmer zu und kaum hatte er dieses betreten, nahm er sein Handy und wählte eine Nummer. „Astraios", meldete sich Tabord fast unverzüglich. „Hier Ares, ich bin in Zürich." „Gut, ich melde mich bei Ihnen. Bleiben Sie im Hotel und warten Sie weitere Anweisungen ab." Ohne sich zu verabschieden, hängte Tabord auf. *Wenigstens das läuft gut, Ares ist zuverlässig und sein Geld wert.*

## 40

Katarina starrte auf die Nachricht, die sie soeben von Melanie erhalten hatte: „Ich habe etwas auf dem Schreibtisch von Robin Powley gesucht und habe dabei aus Versehen die Maus seines Computers berührt. Dadurch hat sich der Bildschirm eingeschaltet, offenbar hatte mein Chef vergessen, den Computer herunterzufahren. Es erschien sein persönlicher Kalender, an dem die nächsten Tage als Abwesenheit markiert waren. Außerdem waren die Namen Zephyros, Astraios, Euros und Apheliotes eingetragen. Kannst Du dir einen Reim darauf machen?" *Griechische Gottheiten? Was hat dies alles zu bedeuten? Was soll das Versteckspiel? Hat es etwas mit den neusten Testresultaten zu tun?* Fragen über Fragen schwirrten durch Katarinas hübschen Kopf, während sie überlegte, was sie Melanie antworten soll. „Danke Herzblatt, ich brauche Zeit", war ihre vielleicht ein wenig zu knappe Antwort. *Was soll ich tun? Nach Zürich reisen?* Das würde erstens schwierig sein, da sie ja ihre Abwesenheit irgendwie begründen musste, zweitens wusste sie ja nicht, wann Oleg zurückkommen würde und drittens wusste sie auch nicht, wo genau sie in Zürich suchen soll. Auch ein Schengen-Visum müsste sie zuerst beschaffen. Am Einfachsten erhielte sie dieses auf dem französischen Konsulat, da sie den Konsul gut kannte. Gedankenverloren versuchte sie, ihrer gewohnten Arbeit im Labor nachzugehen. Aber ihre

Konzentration war schlecht und sie machte Fehler. Diese hatten zwar keine Konsequenzen, aber sie verlor Zeit. „So kenne ich dich ja gar nicht, bist Du verliebt?", fragte sie ihr Kollege Alexander. Verärgert ignorierte sie ihn und verließ das Labor, hängte Ihren hellblauen Kittel an den Haken an der Wand im Büro und warf noch einen Blick um sich. *Ach ja, die Datensicherung.* Sie sicherte die Daten, so wie sie es jeden Tag vor Verlassen des Büros zu tun pflegte und verließ das Laborgebäude durch den Nebeneingang. Dieser lag näher bei der Bushaltestelle als der repräsentative Haupteingang. Sie schaute auf ihre Armbanduhr. *Mist, in zwei Minuten fährt mein Bus.* Sie rannte, was bei der Hitze nicht besonders angenehm war, dem Fußweg entlang, welchen sie immer zu benutzen pflegte und der in die Hauptstraße mündete, an welcher die Bushaltestelle lag. Ganz am Ende des Weges gab es eine kleine Treppe mit zehn Stufen. Ein Fehltritt und Katarina verpasste die zweite Stufe, stürzte kopfvoran die Treppe hinunter, schlug hart auf dem Gehsteig der Hauptstraße auf und blieb regungslos liegen. Im Polizeirapport, welcher zwei Tage später vorlag, wurde klar festgehalten, dass es sich eindeutig um einen Unfall handelte. Vier Zeugen hatten unabhängig voneinander bestätigt, dass niemand in der Nähe der jungen Frau war, als sie stürzte. Der Obduktionsbericht hielt „Tod durch Genickbruch" fest. Die Angehörigen wurden bereits verständigt, auch ihr Arbeitgeber, die Sibir Pharma wurde informiert. Nur ihr Chef, Oleg Pravko, war offenbar nicht erreichbar. Die Akte wurde geschlossen.


## 41


Als Philip pünktlich im Café eintraf, wo er sich mit Karasiuk verabredet hatte, saß dieser bereits an einem Tisch auf der Terrasse unter einem Sonnenschirm. Er hatte seine Anzugjacke ausgezogen und unter seinen Achseln waren die Halbmonde sichtbar, die der Schweiß auf seinem maßgeschneiderten Hemd bildete. Karasiuk hatte ein großes Glas Bier vor sich stehen, Philip bestellte ein Mineralwasser. *Alles zu seiner Zeit.* „Sagen Sie mal, was haben Sie eigentlich die ganze Zeit über gemacht?" fragte Karasiuk argwöhnisch und ein wenig missgelaunt. Philip kannte seinen Boss, solche Fragen konnten böse enden. Er hatte sich schon vorher überlegt, ob er Karasiuk verschweigen soll, dass er die Adresse von Roberts Schwester herausgefunden hatte. Aber ein paar Dinge sprachen dagegen. Erstens musste er dafür sorgen, dass Karasiuk ihm weiterhin vertraute, zweitens konnte er mit der reinen Information über die Adresse nichts anfangen und drittens hatte er so eine Chance, dass Karasiuk mit Tabord telefonierte und er auf diese Weise mehr erfuhr. „Ich habe gearbeitet." „So so, gearbeitet. Und an was bitteschön?", fragte Karasiuk gedehnt. „Ich habe meine Kontakte spielen lassen und nachgeforscht." Absichtlich wollte Philip die Katze noch nicht aus dem Sack lassen. Er genoss es, Karasiuk auf die Folter zu spannen. „Und was haben ihre Nachforschungen ergeben?" Das spöttische Lächeln Karasiuks entging Philip nicht, doch er ignorierte es. „Ich habe die Adresse von Roberts Schwester." Karasiuk ließ beinahe das Bierglas fallen, welches er eben zum Mund gehoben hatte um einen Schluck zu trinken. „Ist diese Information gesichert?" „Zu 90 %." „Mein Bester" - *Aha, nun plötzlich* -, „wenn es wirklich zutreffen sollte, dass wir die Adresse haben, so sind wir ein gutes Stück weiter gekommen. Passen Sie bitte einen Moment auf meine Jacke auf, ich muss dringend auf die Toilette, das Bier." Zügigen Schrittes verließ Karasiuk die Terrasse, betrat das Café und fragte einen Angestellten nach der Toilette. Philip hatte auf diesen Moment gewartet. Unauffällig ließ er einen Chip in die Brusttasche von Karasiuks Jackentasche fallen. Dann nahm er das Etui, in welchem Karasiuk seine teure Sonnenbrille aufbewahrte und machte am mit einem feinen Skalpell einen kurzen Schnitt in das Innenfutter. Er schob einen weiteren Chip in die entstandene Öffnung und verklebte diese wieder mit einem Schnellkleber. Kaum hatte er das Brillenetui wieder hingelegt, erschien Karasiuk auch schon wieder auf der Terrasse. Es waren kaum zwei Minuten vergangen, seit er vom Tisch aufgestanden war. *Ob sich das Schwein wohl die Hände gewaschen hat?* Die weiteren Wanzen ermöglichten es

Philip, nicht nur die Telefonate von Tabord, sondern auch diejenigen seines Chefs zu überwachen. Außerdem speicherten die Wanzen automatische alle Gespräche aus dem direkten Umfeld auf eine gesicherte Cloud. *Wissen ist Macht!* Karasiuk bezahlte die Rechnung und während sie sich auf den Weg zum Treffpunkt mit den anderen CEOs machten, führte Karasiuk noch ein Telefongespräch. „Astraios, hier Zephyros, wir haben die Adresse!" und nannte ihm die Adresse, welche ihm Philip angegeben hatte. „Das ist ja großartig! Ich kümmere mich um alles Weitere. Wir treffen uns gleich in der Kneipe."

Philip hatte vom Inhalt dieses Telefonats nichts mitbekommen und auch von den Gesprächen im Hinterzimmer der Kneipe würde er nichts hören. Dies war ihm aber egal, denn er wusste, dass er die Sprachdateien später abrufen konnte, sobald er wieder im Hotelzimmer war. Dieses hatte er inzwischen gewechselt und er wusste, dass die hübsche Sarah dort auf ihn wartete. Er musste darauf achten, dass seine Vorfreude auf Sarah durch seine leichten Leinenhosen nicht für die ganze Welt sichtbar war.

## 42

Ares hatte nach dem Gespräch mit Astraios eine Dusche genommen und sich dann auf das große Doppelbett gelegt. *Vielleicht werde ich dieses ja noch mit jemandem nutzen können.* In seiner Ausbildung in der Fremdenlegion hatte er eine Technik gelernt, wie man trotz viel Adrenalin, Lärm und anderen Störfaktoren schnell einschlafen kann. Man musste sich, auf dem Rücken liegend, so gut wie möglich entspannen. Dann spannte man nacheinander die Muskeln des Brustbereichs, des Bauches, der Oberschenkel und der Unterschenkel für einige Sekunden an und entspannte sie wieder. Dann fing man bei den Unterschenkeln an und hörte beim Brustkorb auf. Ares war so in der Lage, innerhalb von 5 Minuten einzuschlafen. Als sein Telefon rund drei Stunden später klingelte, war er augenblicklich wieder wach: „Ich habe gute Nachrichten." „Ich höre, Astraios." „Wir haben die Adresse." Tabord nannte Ares die Adresse und wies ihn an, erst einmal die Gegend auszukundschaften, vorerst aber nichts zu unternehmen. „Voraussichtlich werden wir Sie bitten, nächste Nacht zur Tat zu schreiten, falls sich die Richtigkeit der Adresse bestätigt und sich die beiden dort aufhalten." Ares nahm den Stadtplan von Zürich wieder zur Hand. Er beschloss, zu Fuß bis zur genannten Adresse zu gehen. Es waren vom Hotel nur rund drei Kilometer bis zum Quartier, in dem diese Sylvia offenbar wohnte. Es war außerdem ein schöner Tag und ein wenig Bewegung tat nach der langen Autofahrt gut. Sicher war es auch besser, so wenig wie möglich mit einem Auto mit französischen Kennzeichen herumzukurven, das fällt zu sehr auf. Sein Mobiltelefon legte er ohne es auszuschalten auf den Schreibtisch. Dann machte er sich auf den Weg zu Sylvias Adresse und vermied es möglichst, an großen Plätzen, Banken etc. vorbei zu gehen, denn meist werden diese videoüberwacht. *Vollständig kann man der Überwachung heutzutage nicht entgehen, aber je weniger Spuren man hinterlässt, desto schwieriger ist die Suche danach.*

## 43

Caroline und Robert verbrachten den Tag damit, die Gegend rund um Zürich zu erforschen. Es gab viel zu sehen. Die Schweiz war wirklich schön, wenn auch sehr teuer. Auf den Anruf seines Freundes Charles hatte Robert gehofft und zuverlässig wie dieser war, meldete er sich im Laufe des Nachmittags. „Hör mal, Du Casanova. Ich kann dir Folgendes berichten: Die Firma Laboratoires Etoiles, deren Chef Tabord ist, hat sich kürzlich an einer Ausschreibung der französischen Militärapotheke für die Lieferung von Medikamenten teilgenommen. Die Ausschreibung ist noch nicht abgeschlossen, denn es laufen die üblichen Sicherheitsüberprüfungen. Ich habe erreichen können, dass diese noch ein wenig ausgedehnt werden und auch der CEO der Firma, also Tabord, überprüft werden soll. Dabei sind vor allem auch seine Kontakte von Interesse. Und nun rate mal, wer Tabord überprüfen soll?" „Hercule Poirot?" fragte Robert herausfordernd. „Witzbold, ich natürlich! Ich werde noch heute Abend in Zürich eintreffen und meine Ausrüstung werde ich von einem Mitarbeiter der französischen Botschaft noch am Flughafen übernehmen können. Ich werde mit AF 1314 um 20.10 in Zürich ankommen. Wollt Ihr mich abholen? Dann können wir anschließend gemeinsam etwas essen gehen und wir versuchen herauszufinden, ob deine Süße dich oder mich attraktiver findet." „Das sind ja großartige Neuigkeiten, aber mach dir keine Hoffnungen, Du hast gegen meinen Charme keine Chance! Wir erwarten dich beim Ausgang im Ankunftsbereich." „Salut mon ami, à bientôt." Robert erzählte Caroline die vielversprechenden Neuigkeiten und sie begann zu strahlen. „Endlich kommen wir wieder ein Stück weiter. Wir sollten vorher die Unterlagen aus dem Safe holen." Robert nickte. „Ja, machen wir uns auf den Weg, damit wir pünktlich beim Flughafen sind, ich möchte aber vorher noch kurz im Hotel vorbei." Caroline feixte. „Wozu denn?" Robert versuchte, ernst dreinzublicken „Das wirst Du schon sehen, Du Luder" und gab ihr einen sanften Klaps auf ihren knackigen Hintern. Caroline wackelte damit und galoppierte aus freudiger Erwartung förmlich zum Auto. Nach dem Zwischenspiel fuhren sie zu Sylvias Adresse, leerten wie versprochen den Briefkasten und betraten die Wohnung. Der Safe war rasch geöffnet und der dicke Briefumschlag mit den Testresultaten lag unberührt im Safe. Robert reichte ihn Caroline, schloss den Safe wieder und aktivierte den Code. Dann gossen sie noch die bereits ein wenig verwelkten Pflanzen und verließen die Wohnung. Als ins Freie traten, stand die Sonne schon tiefer. Aber es war immer noch hell und warm.

Ares hatte die Gegend um Sylvias Wohnhaus in Ruhe ausgekundschaftet. Es war ein ruhiges Wohnquartier mit Einfamilienhäusern und Wohnungen des gehobenen Mittelstandes, nichts Besonderes. Er setzte sich auf eine niedrige Mauer und tat so, als ob er mit dem Lesen der NZZ beschäftigt war. Er verstand nur wenig. *Deutsch ist einfach zu schwierig!* Nichts tat sich im gegenüberliegenden Wohnhaus, in welchem tatsächlich eine Klingel mit Aenishänslin beschriftet war. *Als ob alle im Urlaub sind.* Doch plötzlich kam Bewegung ins Bild. Ein älterer Peugeot mit französischen Nummernschildern aus dem Département Alpes-Maritimes fuhr auf den Besucherparkplatz vor Sylvias Haus. Ein Mann und eine Frau stiegen aus. Die Beschreibung von Robert und Caroline, welche er von Astraios erhalten hatte, passte eindeutig auf die beiden. Rasch überlegte er: Er war zu Fuß hier, also war eine Verfolgung nicht möglich. Ein Einschreiten war von Astraios ausdrücklich noch nicht gewünscht worden. Blieb also nur ein Weg: Sobald das Paar im Haus verschwunden war, faltete er die

Zeitung zusammen und legte sie auf die Mauer. Gemächlichen Schrittes überquerte er die Straße, und als er am Heck des Peugeots vorbei kam, bückte er sich, also ob er den Schuh binden wollte und befestigte einen GPS-Tracker, welcher mit einem Magneten ausgerüstet war, im Inneren des rechten Kotflügels des Wagens. *Zum Glück ist es ein alter Wagen, bei den neuen gibt es viel mehr Kunststoff und dort haften Magnete nicht.* Dann kehrte er zur Mauer zurück und nahm erneut die Zeitung zur Hand. Er setzte sich aber nicht wieder sondern stellte sich vor die Mauer und hob die Zeitung vor das Gesicht. Über den Zeitungsrand hinweg beobachte er das schräg gegenüberliegende Haus, während dem er auf einem Empfänger überprüfte, ob der GPS-Tracker auch tatsächlich einwandfrei funktionierte. Befriedigt stellte er fest, dass das Signal des Senders ausgezeichnet war, welches sich sowohl mit dem Empfänger, also auch mit einer speziellen Software auf seinem Laptop orten ließ. Nach gut zehn Minuten öffnete sich die Haustüre und die beiden Zielpersonen traten ins Freie. Sie sahen sich kurz um und stiegen dann ins Auto. Ares entging nicht, dass Caroline nun einen großen, dicken Briefumschlag in der linken Hand hielt.

## 44

Philip stand nackt vor dem Tisch, sein Laptop aufgeklappt. Er hatte den Kopfhörer aufgesetzt und hörte die verschieden Gespräche ab, welche die Wanzen bei Karasiuk und Tabord aufgezeichnet hatten, während dem sich Sarah auf den Knien um seine Lendengegend kümmerte. Das Gespräch mit den anderen CEOs, welches die Chips in Karasiuks Jacke und im Brillenetui im Hinterzimmer der Kneipe aufgezeichnet hatten, brachte keine neuen Erkenntnisse außer dem Hinweis von Tabord, dass ein gewisser Ares nun in Zürich eingetroffen sei, zur Verfügung stehe und bereits die Gegend um die ausfindig gemachte Adresse auskundschafte. *Ares? Wer zum Teufel ist dieser Ares?*

Nun hörte er die zwei Telefongespräche ab, welche Tabord mit diesem Ares geführt hatte:

„Astraios", hörte Philip die Stimme Von Tabord. „Hier Ares, ich bin in Zürich." „Gut, ich melde mich bei Ihnen – bleiben Sie im Hotel und warten Sie weitere Anweisungen ab."

„Hier Astraios, ich habe gute Nachrichten." „Ich höre." „Wir haben die Adresse – kundschaften Sie diese aus, unternehmen Sie aber noch nichts, ich melde mich. Voraussichtlich werden wir Sie bitten, nächste Nacht zur Tat zu schreiten, falls sich die Richtigkeit der Adresse bestätigt."


*Ares - was er mit der Geschichte zu tun und wer ist er?* Da er auf Anweisungen warten soll, war er also ein Auftragnehmer und gehörte nicht zur Gruppe. Aber welcher Natur waren diese Anweisungen? Tabord und Ares sprachen französisch, aber dies war für Philip dank der einfachen Konversation kein Problem. Auch Ares sprach akzentfrei, was vermuten ließ, dass auch er Franzose war. Aber welche Rolle spielte er? Weiter kam Philip mit seinen Gedanken nicht, denn soeben hatte Sarah ihr Ziel erreicht.


Nach einer kleinen Erholungspause konnte sich Philip wieder konzentrieren. Er musste unbedingt herausfinden, wer dieser Ares war. Und die Frage war auch, ob nur Tabord oder auch Karasiuk ihn kannte.


## 45


Melanie war unendlich traurig. Da sie Katarina telefonisch nicht mehr erreichen konnte, hatte sie die Zentrale der Sibir Pharma angerufen. Dort hatte man ihr mitgeteilt, dass Katarina bei einem tragischen Unfall ums Leben gekommen sei. *War es tatsächlich ein Unfall? Und wieso sind weder Katarinas Chef noch Robin Powley erreichbar und was tun die beiden in Zürich? Welche Verbindung gibt es? Und was sollen die griechischen Götternamen?* Sie beschloss zu warten, bis Robin Powley endlich wieder zurück war. Sie war ja schließlich nicht Detektivin und sie musste sich auch ohne ihn auf das Symposium in Frankfurt vorbereiten. *Und ohne Katarina.*

<br>

## 46

Kaum war Ares wieder im Hotelzimmer, nahm er sein Mobiltelefon zur Hand. Es waren keine Nachrichten vorhanden und angerufen hatte in der Zwischenzeit auch niemand. Er startete sein Notebook und öffnete das Programm, mit welchem er die Signale des GPS-Trackers empfangen konnte, welchen er am Peugeot angebracht hatte. Auf einer detailgenauen Karte konnte er beobachten, wie sich das Auto langsam, *es herrscht wohl wieder Stau*, vom Stadtzentrum Zürichs Richtung Norden bewegte. Nach etwa 45 Minuten bewegte sich der rote Punkt, welcher den Standort des Senders markierte, nicht mehr weiter. Das Signal blieb aber unverändert stark. Offenbar hatte man den Wagen angehalten. Er vergrößerte den Ausschnitt der

Karte so weit, dass er erkennen konnte, wo genau sich der Wagen befand. Es war das Parkhaus des Terminals 1 am Flughafen in Kloten. Ares überlegte: Dass sich die beiden per Flugzeug absetzten, war unwahrscheinlich. Naheliegender war, dass sie jemanden abholten. *Hilfe von außen? Aber wen?* In diesem Moment klingelte sein Telefon. „Astraios hier, gibt es etwas Neues?" Ares schilderte Tabord, was er beobachtet hatte und wo sich Caroline und Robert im Moment aufhielten. Ein paar Sekunden lang, war es ruhig. Ares dachte schon, dass die Leitung unterbrochen worden war, als Tabor langsam und sehr bestimmt sagte: „Wir müssen uns treffen. Es gilt, die nächsten Schritte genau zu planen. Ich habe aber im Moment keine Zeit. Ich werde deshalb Zephyros informieren, er soll sich mit Ihnen treffen." Ares überlegte. Normalerweise traf er sich nie persönlich mit seinen Auftraggebern. Aber erstens war es wirklich wichtig, die Vorgehensweise gut zu planen und zweitens waren Unterhaltungen per Telefon auch nicht ohne Risiko. Außerdem waren die tatsächlichen Identitäten ja nicht bekannt. Sie vereinbarten, dass sich Ares mit Zephyros in der Bar eines Hotels in der Nähe des Hauptbahnhofs treffen soll, Ares soll als Erkennungszeichen eine Sonnenbrille in der linken Hand halten. Ares blieben nur dreißig Minuten Zeit. Nicht allzu viel, wenn man Zürich nicht sehr gut kannte und auch noch einen Parkplatz suchen musste, denn Ares beschloss, diesmal mit dem Auto zu fahren um für allfällig folgende Aktionen mobil zu sein. Trotzdem schaffte er es, mit nur zwei Minuten Verspätung in der Bar einzutreffen, wo Zephyros bereits in einem bequem aussehenden Sessel in einer etwas versteckten Ecke der Bar auf ihn wartete und kurz die Hand hob, als er Ares mit der Sonnenbrille in der Hand eintreten sah. Auf dem kleinen Salontisch vor ihm Stand ein Glas Champagner. *Man gönnt sich ja sonst nichts Gutes.* Sie begrüßten sich kurz mit den Namen, die sie voneinander kannten und waren beide froh, nicht mehr über das jeweilige Gegenüber zu wissen. Für Ares war es ein gutbezahlter Job und nicht der erste Auftrag, den er von Astraios erhielt. Für Karasiuk war es eine Erleichterung zu wissen, dass die Gruppe jemanden zur Hand hatte, der auch spezielle Aufträge zuverlässig, schnell und diskret erledigte. Karasiuk wollte die Konversation beginnen, doch Ares hob die Hand und unterbrach ihn. „Entschuldigen Sie bitte, eine alte Gewohnheit". Aus seiner Jackentasche holte er ein kleines Gerät, ähnlich dem Gerät, welches dazu benutzt wird, Wasserleitung in Wänden zu lokalisieren. Das Gerät war aber dafür ausgelegt, Wanzen, Sender und andere elektronische Apparate aufzuspüren. Ares führte das Gerät möglichst unauffällig an Karasiuks Anzugjacke entlang, welche über der Lehne des Sessels neben ihm hing und zur Überraschung beider, schlug der kleine Zeiger zweimal aus. „Sie erlauben?", sagte Ares mehr bestimmend als fragend. Er griff in die Brusttasche von Karasiuks Jacke und holte einen kleinen Chip hervor. Dann holte er aus der Innentasche das Brillenetui hervor und öffnete es. Es dauerte einen Moment, bis er den wieder verklebten Schnitt im Futter entdeckte. Mit den Fingernägeln zog er am Futter bis es riss und einen weiteren kleinen Chip freigab. Ares legte beide Chips in eine kleine Pillendose aus Metall und ließ diese in Karasiuks Champagnerglas fallen. Karasiuk saß kreidebleich auf seinem Sessel, die Hände in die Lehnen gekrallt. „Wa... wa... was bedeutet das?" Ares schaute ihm in die Augen. Zephyros' Entsetzen war vermutlich echt, also wusste er nichts von den Wanzen. Er beugte sich weit zu Karasiuk hinüber und flüsterte ihm ins Ohr: „Sie wurden abgehört, mein Lieber, eventuell ist auch Ihr Mobiltelefon verwanzt." *Aber von wem?* Zephyros war fassungslos. *Wer hatte ein Interesse daran und wer war dazu in der Lage?* „Können Sie herausfinden, wer dahinter steckt?" Ares überlegte. „Das kostet aber zusätzlich." Karasiuk winkte ab. „Sie wissen, dass dies kein Problem darstellt. Also, können Sie es rausfinden?" „Wenn der Empfänger immer noch aktiv ist, so kann ich versuchen, diesen zu lokalisieren. Ich benötige dafür aber sowohl die beiden Tracker, als auch Ihr Mobiltelefon. Derjenige, welcher Sie abhört, soll ja nicht plötzlich verschiedene Bewegungsmuster erkennen. Außerdem müssen wir uns beeilen. Am besten begleiten Sie mich zurück in mein Hotel, wo ich die notwendigen Geräte zur Nachforschung gelassen habe. Falls Sie jemand auf Ihrem Mobiltelefon anruft, so sind sie erreichbar, das wirkt weniger verdächtig. Auch die beiden anderen Chips sollten Sie wieder einstecken. Wenn wir nachher in mein Auto steigen, so wechseln wir kein Wort. Auch nicht, wenn wir in meinem Zimmer angekommen sind. Ich werde Ihnen aufschreiben, was ich herausgefunden habe, wenn es soweit ist." Karasiuk hatte schweigend und immer noch bleich zugehört. Er nickte und fischte die Pillendose wieder aus dem Glas, entnahm die beiden Chips und steckte beide in der Jackentasche. Wie von Ares verlangt, sprachen sie kein weiteres Wort und verließen die Bar. Im Hotel angekommen durchquerten sie die Lobby. Der Rezeptionist nickte ihnen freundlich zu. *Ob die beiden wohl das Doppelbett ausprobieren?* Ares setzte sich an seinen Laptop, sobald sie im Zimmer angekommen waren. Es dauerte etwa eine dreiviertel Stunde, bis Ares zufrieden nickte. Er öffnete das Schreibprogramm des Computers und schrieb, ohne die Datei zu speichern, die Adresse auf, an welcher sich der Empfänger der Signale aufhielt. Karasiuk hielt den Atem an und seine Nackenhaare sträubten sich wie bei einer Katze. Es war das Hotel, in dem Philip ein Zimmer gemietet hatte! „Säubern! Zimmer 508!", tippte Karasiuk in die Tastatur, bevor er das Schreibprogramm wieder schloss, ohne die Datei zu speichern. Ares nickte, er hatte einen zusätzlichen Auftrag und bekam zusätzliches Geld. Dieser Job lohnte sich wirklich! Die Untersuchung von Zephyros Mobiltelefon hatte nichts ergeben. Offenbar wurde dieses nicht überwacht. *Zumindest nicht direkt*, dachte Ares.

## 47

Der Flug AF 1314 landete ausnahmsweise pünktlich in Zürich. Seit es innerhalb des Schengen-Raumes keine Passkontrollen mehr gab, ging die Einreise auch wirklich sehr schnell vonstatten. Insbesondere dann, wenn man, so wie Charles, nur mit Handgepäck reiste. Robert sah Charles durch die Türe des grünen Zollbereichs treten und winkte ihm zu. Dieser gab ihm ein Zeichen, kurz zu warten und ging auf einen jüngeren Mann zu, welcher einen großen Aluminiumkoffer und einen kleinen schwarzen Kunststoffkoffer zwischen seinen Füssen abgestellt hatte. Robert und Caroline sahen, wie sich die beiden Männer begrüßten, ein paar Worte wechselten und Charles, nachdem er beide Koffer an sich genommen hatte, auf sie zukam. Seine Reisetasche an die rechte Schulter gehängt, den Aluminiumkoffer in der rechten und den Kunststoffkoffer in der linken Hand stand er dann mit einem breiten Grinsen vor den beiden. „Ich würde Euch ja gerne umarmen, aber wie Ihr seht, geht das schlecht...." Robert zwinkerte Caroline zu: „Sollen wir ihm helfen?" Caroline lachte: „Den kleinen schwarzen Koffer kann ich tragen, die Reisetasche und den Aluminiumkoffer könnt Ihr selber schleppen." Charles grinste noch breiter und streckte Caroline den Kunststoffkoffer entgegen. Caroline fasste ihn am Griff und hätte ihn beinahe fallen lassen, denn sein hohes Gewicht überraschte sie. Er wog bestimmt acht Kilogramm. Der Versuch, sich nichts anmerken zu lassen, misslang ihr. Die beiden Männer schauten sich vielsagend an und lachten. „Was zur Hölle ist in diesem Koffer?" „Sagen wir es so: Man sollte mit diesem Koffer besser nicht versuchen, durch die Sicherheitskontrolle am Flughafen zu marschieren", meinte Charles. Caroline wollte nicht mehr wissen. Nur weg hier, bevor sie noch irgendeinem Polizisten der Kantonspolizei Zürich, welche für die Sicherheit am Flughafen verantwortlich ist, auffielen. Nachdem sie die überaus hohen Parkgebühren für das Parkhaus bezahlt und alles Gepäck in Roberts Peugeot verstaut hatten, fragte Charles: „Wohin fahren wir jetzt?" „Wir wohnen seit ein paar Tagen in einem kleinen, hübschen Hotel außerhalb von Zürich. Dort haben wir auch für dich ein Zimmer reserviert. Ich schlage vor, wir fahren jetzt dorthin und können nach dem Abendessen das weitere Vorgehen besprechen. Wir haben auch die Unterlagen aus dem Safe meiner Schwester geholt, um die es bei der ganzen Geschichte vermutlich geht und können sie dir dann zeigen." „Wunderbar! Bitte fahr schnell Robert, ich habe einen Bärenhunger." Robert lächelte und erinnerte sich daran, dass Charles den Koch ihrer Einheit regelmäßig zur Verzweiflung gebracht hatte, da Charles so viel aß, dass die berechneten Portionen nicht mehr reichten." Nach einem ausgedehnten Abendessen zogen sich die drei auf das Zimmer des Pärchens zurück. Caroline griff in eine Innentasche ihrer Reisetasche und zog den dicken Briefumschlag heraus. Zu

Charles gewandt meinte sie: „Ich werde dir kurz erklären, wie die Testresultate zustande kommen und wie sie zu werten sind." Aus der kurzen Erklärung wurden über zwei Stunden, in denen Caroline das Wesentlichste erläuterte. „Du siehst, Charles: Ganz unabhängig davon, ob man von der Materie etwas versteht oder nicht, kann man erkennen, dass die Daten manipuliert worden sein müssen. Anders sind solch eklatante Veränderungen in den Testresultaten nicht zu erklären." Charles saß schweigend da und starrte auf die Dokumente vor ihm. Langsam sah er zu Caroline auf. „Denkst Du, dass die Resultate von extern gehackt oder von jemandem intern manipuliert wurden?" „Es ist beinahe unmöglich, dass die Daten von extern manipuliert wurden, denn diese sind auf einem eigenen Server gespeichert, welcher weder ans Internet, noch ans Intranet angeschlossen ist. Dies wurde bewusst so gemacht, da ja auch die besten Sicherheitsvorkehrungen keine absolute Garantie bieten. So jedenfalls erklärte mir George die Sicherheitsbestimmungen bei Pharmalead. Darum ist es ziemlich sicher, dass jemand intern am Werk war." Charles nickte, dies hatte er erwartet. „Ich werde morgen mit Hilfe des Inhalts meines Aluminiumkoffers versuchen, den Aufenthaltsort von Tabord herauszufinden und ihm irgendwie ein paar Wanzen unterzujubeln. Ich denke, er ist unser erster Schlüssel zum Labyrinth. Ihr bleibt aber am besten in der Nähe des Hotels, denn es ist anzunehmen, dass man weiß, wie Ihr beiden ausseht und wir dürfen nichts riskieren." Zuerst wollte Robert protestieren, aber er erkannte, dass dies der sicherere Weg war. „Ich werde morgen früh ein Auto mieten, dann bin ich unabhängig. Es ist außerdem unauffälliger, mit einem Auto mit Schweizer Kennzeichen unterwegs zu sein als mit deinem Wagen, Robert." „Natürlich, ich fahre dich morgen früh gleich zur nächsten Autovermietung. An der Hotelrezeption kann man uns sicher sagen, wo es eine gibt." Caroline verstaute die Dokumente wieder sorgfältig im Briefumschlag und schob diesen dann wieder in die Innentasche ihrer Tasche. „Machen wir Schluss für heute", meinte sie. „Ich denke, wir sind jetzt alle müde." Robert gähnte. „Ja Liebling, gehen wir schlafen." Nachdem Charles sich in sein Zimmer zurückgezogen hatte, legten sich Caroline und Robert ins Bett. Schon nach zwei Minuten hörte sie seinen ruhigen, regelmäßigen Atem. Aber trotz ihrer Müdigkeit fiel es ihr schwer, einzuschlafen. Zu viele Gedanken schwirrten durch ihren Kopf. Erst nach einer guten Stunde fiel sie in einen unruhigen Schlaf.

48

Ares hatte die Fahrt von Roberts Auto vom Flughafen bis zu einem Ort außerhalb Zürichs am Bildschirm seines Laptops verfolgt. Seit geraumer Zeit blieb nun der rote Punkt, der die Position des angebrachten GPS-Trackers markierte, stehen.

Ares zoomte das Bild heran und sah auf der abgebildeten Karte, dass sich die Lage des Autos mit derjenigen eines kleinen Hotels deckte. *Na bitte!* Ares war zwar müde, aber er musste jetzt aktiv werden. Der Zeitplan spielte dabei eine große Rolle. Da anzunehmen war, dass sich bei Robert, Caroline und der Person, welche sie vom Flughafen abgeholt hatten, heute sowieso nichts mehr tat, konnte er sich zuerst um Philip kümmern. *Das wird auch Zephyros und Astraios freuen.* Anschließend musste er herausfinden, wer der Unbekannte oder die Unbekannte war, die das Pärchen am Flughafen getroffen hatte. *Vielleicht ist diese Person ja auch gar nicht bei den beiden, ich werde sehen. Jedenfalls weiß ich jetzt, wo die beiden zu finden sind. Jetzt ist erstmal dieser Philip Muller dran.* Ares zog schwarze Turnschuhe mit einer weichen Sole an, dazu schwarze Jeans aus einem leichten Stoff und ein schwarzes Hemd. Eine dünne Stoffmaske stecke er in die rechte Hosentasche. *Möglicherweise brauche ich sie gar nicht.* Ares hatte sich bereits über die Lage des Hotels orientiert. Es lag in einer Fußgängerzone mitten in der Altstadt. Es gab viele kleine, verwinkelte Gassen. *Ideal!* Er zog das Schulterholster an und schob die SIG Sauer 9 mm hinein. Den Schalldämpfer steckte er in die linke Hosentasche. Die Pistole war an sich eine Standardausführung. Nur der Lauf wurde bearbeitet, damit der Schalldämpfer darauf geschraubt werden konnte. Wie immer verwendete Ares, wenn er die Pistole mit Schalldämpfer einsetzte, eine langsamer fliegende, dafür leisere Munition. Mit Verwendung des Schalldämpfers und der Spezialmunition war ein Schuss zwar immer noch lauter, als man in Filmen glauben machen möchte, aber der Knall war nicht mehr auffällig. Ares beschloss, ganz gemütlich zu Fuß zur Altstadt zu gehen, die Lage des Hotels kannte er jetzt ja auch und die Zimmer-Nummer hatte Karasiuk angegeben. *Hoffentlich ist dieser Philip auch im Hotel. Sonst heißt es warten und dann gibt's eine kurze Nacht...* Er zog eine leichte, unter den Achseln weit geschnittene schwarze Sommerjacke an, hängte eine Sporttasche an die Schulter und verließ das Hotel.

## 49

Sarah hatte sich ehrlich auf den Abend gefreut. Mit den fünfhundert Franken, welche Philip ihr gegeben hatte, suchte sie einen Erotikshop auf und kaufte verschiedene Spielzeuge und Accessoires. Besonders das Fesselset und der Knebel hatten es ihr angetan, denn sie liebte es, dominiert zu werden. Nun, auf dem Rücken liegend, mit gespreizten Extremitäten nackt aufs Bett gefesselt, den Knebel im Mund, wartete sie der Dinge, die da kommen sollten. Der Knebel erlaubte es ihr nicht, zu sprechen. Außer dem Schimmer zweier großer Kerzen gab es kein Licht im Zimmer aber deren flackernder Wiederschein machte die Stimmung für sie perfekt. Aus dem Lautsprecher, den Philip an sein Notebook angeschlossen hatte, ertönten die Posaune, die Querflöten, die Piccolo Flöte, die Oboen, das Englischhorn, die Klarinetten und das Tenor Saxophon aus Ravels Boléro. Es war schon ziemlich laut. Philipe stand angezogen am Fußende des Bettes und betrachtete sein Werk. *Die Süße ist wirklich heiß!* Plötzlich sah Sarah, dass Philip vornüber fiel und mit dem Kopf genau zwischen ihren Beinen landete. Sie ahnte, was jetzt kommen würde. Doch nichts geschah. Philip blieb einfach liegen, so wie er sich hatte fallen lassen. *Was macht der Kerl?* Dann sah sie, wie sich eine dunkle Flüssigkeit zwischen ihren Beinen auf dem weißen Laken ausbreitete. Sie wollte schreien, aber der Knebel in ihrem Mund verhinderte es und nur Grunzlaute kamen aus ihrer Kehle. Sie zerrte an den Fesseln, aber Philip hatte sie korrekt festgemacht, sie konnten nur von einer zweiten Person gelöst werden. Plötzlich bemerkte Sarah die schemenhaften Umrisse eines Menschen. Die Angst stieg in ihr hoch und schnürte ihr die Kehle zu. Und obwohl sie wusste, dass es nichts nützen würde, zerrte sie noch intensiver an den Fesseln.


Ares hatte Glück. Es war viel los an diesem Abend und die Bar des Hotels, in dem dieser Philip wohnte, war sehr gut besucht. Zur Bar gelangte man durch die Lobby und gleich daneben befanden sich der Aufzug und auch die Treppe, welche nach oben zu den Zimmern führte. Schnell huschte er die erste Treppe hinauf ohne bemerkt zu werden. Die weiteren dreieinhalb Stockwerke bewegte er sich gemächlich, bis er den letzten Treppenabsatz erreicht hatte. Dort hielt er inne. Der Sporttasche entnahm er zwei dünne Handschuhe und zog sie an. Dann holte er vorsichtig die Pistole aus dem Holster und den Schalldämpfer aus der linken Hosentasche. Geübt und ohne Eile schraubte er den Schalldämpfer auf und prüfte, ob er auch fest saß. Dann lud er die Pistole durch, entspannte den Hahn und entsicherte die Pistole. Die sieben Patronen im Magazin genügten auf jeden Fall. Langsam, die Pistole kaum sichtbar in der rechten Hand, welche er locker aber ganz nahe am Körper herunterbaumeln ließ, ging er den letzten Treppenabsatz hoch, blickte kurz an die gegenüberliegende Wand und folgte dann dem Schild, welches ihm die Richtung zu den Zimmern mit den Nummern 506 – 512 angab. Weit und breit war niemand zu sehen. Vor dem Zimmer mit der Nummer 508 blieb er stehen und lauschte, sein Ohr an die Türe pressend. Er hörte die Melodie von Ravels Boléro. Langsam und vorsichtig drückte er mit der linken Hand die Türklinke nieder, der Zeigefinger der rechten Hand lag jetzt leicht am Abzug der Pistole. Als er die Türklinke ganz nach unten gedrückt hatte, gab er der Türe einen leichten Stoß. Glücklicherweise war sie nicht von ihnen abgeschlossen und rasch und lautlos huschte er in den kleinen Vorraum. Es schien ein großes Zimmer zu sein.

Schnell schloss er die Türe wieder hinter sich. Es war nie ganz einfach, sich auf einen Einsatz gut vorzubereiten, wenn man die Örtlichkeiten nicht genau kannte. Aber in der kurzen Zeit war es Ares nicht möglich, sich einen Grundrissplan vom Hotel zu beschaffen. Entsprechend vorsichtig musste er agieren. Sich an den Durchgang zum eigentlichen Schlafzimmer heranpirschend, immer gefasst auf ein unvorhergesehenes Vorkommnis, sah er den Schein von Kerzen und den Schatten eines Menschen an der Wand. Die Musik spielte jetzt ziemlich laut. *Wegen der Geräusche muss ich mir schon mal keine Sorgen machen.* Leicht hob er die Pistole an. Ares war ein guter Schütze und hatte Erfahrung im Umgang mit allen möglichen Waffen, aber die P225 war sein Liebling. Er umfasste den Griff fest, tat einen Schritt vorwärts in den Durchgang, drehte sich leicht nach rechts und hob zeitgleich die Pistole auf Augenhöhe. Kaum hatte er sein Ziel erfasst, drückte er kurz hintereinander ab und der im Kopf getroffene Mann kippte vornüber auf das Bett, auf dem eine gefesselte nackte Frau lag. *Mist, davon hat mir niemand etwas gesagt.* Ares überlegte. Er war kein Killer, der sinnlos Unbeteiligte tötete. Aber Zeugen konnte er nicht gebrauchen, zumal er es nicht für nötig gefunden hatte, die mitgebrachte Stoffmaske aufzusetzen. Seine Gedanken jagten sich. *Was soll tun?* Außerdem war die Kleine ja auch ziemlich appetitlich in ihrer erwartenden Lage. Doch schließlich siegte seine Professionalität. Mit vier Schritten war er beim Bett, drückte Sarah den Schalldämpfer auf die Stirn und drückte nochmals zweimal ab. Er überzeugte sich davon, dass weder bei ihr noch bei Philip ein Puls spürbar war. Dann ging zum Schreibtisch und sah, dass sich der darauf gelegte Laptop im Ruhemodus befand. Er tippte kurz auf die Tastatur und der Bildschirm aktivierte sich. Sofort erkannte Ares die darauf erscheinenden Dateien und Programme. *Diese Überwachungssoftware kenne ich! Ich werde dies alles später auswerten. Jetzt erst mal weg hier.* Er schloss den Laptop, zog das Ladekabel aus der Steckdose und verstaute beides in der Sporttasche. Auch ein Mobiltelefon, welches auf dem Tisch lag, steckte er in die Tasche. Dann durchsuchte er die Damenhandtasche, welche auf einem der Nachttischchen stand und fand dort ein weiteres Handy. Auch dieses steckte er in die Tasche, welche er anschließend verschloss. Auch als er das Zimmer kurz danach wieder verließ, wurde er von niemandem bemerkt. Und wie schon auf dem Hinweg, wählte er die Treppe und nach auf dem ersten Treppenabsatz schraubte er den Schalldämpfer wieder ab. Bis jetzt hatte er die Pistole in der Hand gehalten. *Man weiß nie.* Er steckte die Pistole zurück ins Holster und den Schalldämpfer wieder in die Hosentasche. Dann zog er die Handschuhe aus und legte sie zum Laptop und den Handys in die Tasche.

Zurück im Hotel griff er zu seinem Handy, welches er im Zimmer gelassen hatte. Obwohl es schon sehr spät war beschloss er, Zephyros anzurufen.

„Hier Ares, Ihr Problem wurde beseitigt. Es gab aber einen kleinen Zwischenfall: Es war nicht das einzige Problem, ich schenke ihnen jedoch die Kosten dafür." Karasiuk holte tief Luft und Ares spürte förmlich dessen Erleichterung. „Danke, mein Freund. Dann werde ich jetzt die Wanzen vernichten." „Tun Sie das, gute Nacht." Ares startete sein Notebook und prüfte nochmals, ob sich der an Roberts Auto angebrachte Sender inzwischen bewegt hatte. Aber alles war ruhig, es wurden keine Bewegungen mehr aufgezeichnet, seit der Wagen beim Hotel geparkt worden war. *Nun, dann lege ich mich auch für ein paar Stunden aufs Ohr. Um sechs Uhr möchte ich beim Hotel sein, wo sich die drei aufhalten und schauen, was passiert.*

Karasiuk war froh, dass Ares sein Problem gelöst hatte und beschloss, umgehend Astraios über den neusten Stand der Entwicklung zu informieren, jedoch nahm Astraios den Anruf nicht entgegen. *Na, dann halt erst morgen. Die Dinge laufen ja und auf Ares ist Verlass. Ich bin todmüde, die letzten Tage waren auch zu anstrengend.*

## 50

Charles hatte gut geschlafen und noch bevor er hinunter zum Frühstücksraum ging, öffnete er den Aluminiumkoffer und entnahm ihm einen handelsüblich aussehenden Laptop, sowie verschiedene Messinstrumente. In einer separaten Box waren Wanzen, Sender und Empfänger vor Erschütterungen geschützt gelagert. Der Laptop war aber alles andere als handelsüblich. Charles konnte damit nicht nur die Signale der Wanzen und Sender empfangen, sondern konnte damit auch eine sichere Datenverbindungmit zu seiner Geheimdienstabteilung herstellen. Dies erlaubte es ihm, sicher Informationen abzufragen und solche anzufordern. Beispielsweise konnte man ihm über diese sichere Leitung auch Informationen über die Aufenthaltsorte von überwachten Personen liefern. Im Moment interessierte Charles der Aufenthalt von Maurice Tabord. Es dauerte nur rund eine Minute, bis der Laptop auf einer detailgenauen Karte den genauen Standort von Tabords Mobiltelefon anzeigte. Mit einem speziellen Kabel koppelte nun Charles ein Ortungsgerät, ähnlich einem tragbaren Navigationsgerät, mit dem Laptop und übertrug die Datenquelle. Nun konnte er den Aufenthaltsort und allfällige Bewegungen Tabords auf dem handlicheren kleinen Gerät verfolgen. Dieses war höchst präzise und nutzte nicht die übliche GPS-Technik, sondern ein Netzwerk von militärischen Spionagesatelliten für die Navigation.

Charles nickte zufrieden und fuhr den Laptop herunter. Dann öffnete er den kleinen schwarzen Kunststoffkoffer und betrachtete den Inhalt. Wie erwartet lagen eine Pistole, Marke Glock, Modell 17 mit passendem Schalldämpfer und zwei Packungen mit je 50 Schuss Munition, sowie ein Steckholster für den Hosenbund darin. *Idioten! Das Holster ist für Rechtshänder bestimmt, ich bin aber Linkshänder. Aber egal, es geht auch ohne Holster.* Weiter lag im Koffer eine Beretta 93R, ebenfalls mit Schalldämpfer und 200 Schuss Munition. *Das reicht ja für einen Kleinkrieg.* Charles fand, dass da wieder einmal jemand übertrieben hatte. Er hatte nur eine sinnvolle Ausrüstung, primär zum Selbstschutz verlangt, die Beretta war sicher überflüssig. *Aber was soll's.* Er verstaute die Waffen wieder im Koffer, verschloss diesen und stellte ihn in den Schrank. Dann ging er hinunter in den Frühstücksraum, wo Caroline und Robert bereits beim Essen waren. „Na, Ihr beiden, gut geschlafen?" Caroline hatte keine Lust auf eine Diskussion und nickte nur knapp. „Wie ein Engelchen", strahlte Robert. „Ich habe mich bereits nach einer Autovermietung erkundigt, Charles. Es gibt im Ort eine Autowerkstatt, welche die Ersatzwagen für ihre Kunden auch vermietet und sie haben einen Wagen verfügbar. Ich habe ihn bereits für dich reserviert." „Großartig, danke Robert." *Das wird mir auch eine Rostlaube sein.* Charles dachte sehnsüchtig an seinen in Paris stehenden, zu einem günstigen Preis gebraucht gekauften Maserati, dessen Unterhalt er sich aber eigentlich nicht

leisten konnte und deshalb auf andere Annehm-
lichkeiten im Leben verzichten musste. Robert bot
Charles an, ihn zur Werkstatt zu fahren, was dieser gerne annahm. Sie vereinbarten, sich in einer
Viertelstunde vor dem Hotel zu treffen. Zurück in
seinem Zimmer, nahm Charles die Glock aus dem
Koffer und schob sie in den Hosenbund, nachdem
er das Magazin gefüllt und in die Pistole geschoben
hatte. Dann überprüfte er, ob das Ortungsgerät
nach wie vor optimal funktionierte und steckte es
in die Innentasche seiner Jacke.

## 51

Ares traf um 05.50 Uhr auf dem Parkplatz vor
dem Hotel ein, wo Caroline, Robert und eventuell
auch die unbekannte Person offenbar übernachtet
hatten. Er musste sein Peilgerät nicht hervorneh-
men, er sah Roberts Peugeot bereits, als er auf den
Parkplatz des Hotels einbog und parkte seinen Wagen unauffällig am Ende des Parkplatzes. Die
Front des Wagens zeigte zur Ausfahrt um eine
schnelle Wegfahrt zu ermöglichen. Ares musste
lange warten. Geschäftsleute und mit Kameras
und Rucksäcken behängte Touristen verließen das
Hotel. Aber bisher war niemand dabei, dessen Beschreibung auf Caroline oder Robert gepasst hätte.
Erst kurz nach 08.00 Uhr öffnete sich die Eingangstüre des Hotels und zwei Männer traten ins

Freie. Der eine war sehr groß, schlank und offenbar sehr sportlich. Er trug einen kleinen schwarzen Koffer in der rechten Hand. Ares wusste, was sich in dem Koffer befand. Er kannte diese Koffer, welche an die Mitglieder der Spezialeinheiten der französischen Armee und des Geheimdienstes abgegeben wurde. Der andere Mann war mittelgroß, war sicher einmal sportlich gewesen und passte genau auf die Beschreibung von Robert, die er von Astraios erhalten hatte. Ares sank ein wenig tiefer in seinen Fahrersitz und beobachtete, wie sich die Männer unterhielten, während sie zum Auto mit französischen Nummernschildern gingen, dann einstiegen und losfuhren. In gebührendem, aber nicht zu großem Abstand folgte er dem Peugeot. Die Fahrt dauerte nur kurz und endete bereits nach ein paar hundert Metern vor einer Autowerkstatt. Im letzten Moment fand Ares eine Parkmöglichkeit, von wo aus der die Szenerie beobachten konnte ohne ein großes Risiko einzugehen, entdeckt zu werden. Robert und der Sportliche betraten das Büro der Werkstatt. Nach ein paar Minuten kamen sie in Begleitung eines älteren Mannes in einem blauen Overall wieder heraus und traten zu einem älteren grauen Ford, welcher auf den Kundenparkplätzen abgestellt war. Der Mann, welcher Robert begleitete, begutachtete das Fahrzeug, stieg ein, stieg wieder aus, nickte und die drei Männer gingen zurück ins Büro. Nach etwa 5 Minuten traten sie wieder ins Freie und der Mann im Overall schüttelte Roberts Begleiter die Hand, bevor er wieder im Büro verschwand. Robert und sein

Begleiter unterhielten sich noch etwa fünf Minuten, bevor Robert in sein Auto und der Begleiter in den Ford stiegen. Für Ares war der Fall klar: Er musste dem Ford folgen. Den Aufenthaltsort Roberts und Carolines kannte er und konnte ihn auch jederzeit mithilfe des GPS-Trackers verfolgen. Aber dieser Typ mit dem Koffer konnte gefährlich werden und alles auffliegen lassen. *Ich muss unbedingt verhindern, dass er zu weiteren Informationen kommt oder dass er sogar etwas unternehmen kann, wer auch immer er ist.* Der graue Ford rollte langsam an, bog rechts auf die Hauptstraße ein und erreichte nach ein paar Minuten die Auffahrt zur Autobahn Richtung Zürich. Inzwischen war es halb neun Uhr morgens und erstaunlicherweise gab es nicht mehr viel Verkehr. *In Frankreich sind um diese Zeit die Straßen verstopft, aber die Schweizer beginnen ihre Arbeit offensichtlich früher, wie lobenswert!* Es war einfach für Ares, dem Ford zu folgen und er ließ immer zwei, drei Fahrzeuge zwischen sich und dem Verfolgten. Bereits nach etwa zehn Kilometern sah Ares, dass der Fahrer den rechten Blinker setzte und relativ abrupt auf einen Parkplatz bog, auf dem nur zwei steinerne Tische mit ebensolchen Bänken und einem Abfalleimer standen. Der Fahrer des Ford parkte den Wagen ziemlich schlecht und benutzte dabei zwei Parkplätze. Langsam ließ Ares sein Auto am Ford vorbei rollen, seinen Blick geradeaus gerichtet und den Ford und seinen Fahrer nur aus dem Augenwinkel heraus beobachtend. Er parkte seinen Wagen ebenfalls, jedoch sehr korrekt und schaute durch das hintere rechte Seitenfenster zum Ford hinüber. Der Unbekannte stieg aus, umkreiste den Ford und trat offensichtlich verärgert gegen das rechte Hinterrad. *Hat er einen Platten?* Offenbar, denn der Unbekannte öffnete den Kofferraum und entnahm ihm das Notrad, den Wagenheber und den Schraubenschlüssel. Dann begann er, für Ares nur teilweise sichtbar, am rechten Hinterrad zu arbeiten. Ares überlegte. Er konnte es wirklich nicht riskieren, den Typen davonkommen zu lassen. Zwar war er vermutlich Mitglied einer Sondereinheit, aber Ares glaubte nicht, dass diese schon sehr viel wusste. Wen hatten sie als Ziel? Naheliegend war Astraios, denn Zephyros war US-Amerikaner und es war naheliegender, dass Astraios Ziel der französischen Behörden geworden war als Zephyros. Wenn aber Astraios das Ziel war, so war es eine Frage der Zeit, bis die Verbindung zu ihm aufgedeckt wurde. Auf dem Laptop von Philip hatte er entdeckt, dass dieser nicht nur Zephyros, sondern auch Astraios abgehört hatte. *Und es besteht keine Garantie, dass es nicht auch noch weitere Leute gibt, welche die beiden eventuell immer noch abhörten.* Außer den Telefonverbindungen zwischen ihm und Astraios gab es keine Spuren und das Telefon war Ares' kleinstes Problem. Er hatte sich schon vor Jahren, als diese noch nicht registriert werden mussten, einige Prepaid-SIM-Karten zugelegt. Er konnte die SIM-Karte, welche er für die Gespräche mit Astraios verwendet hatte, jederzeit vernichten. Auch seine Registrierung im

Hotel gab keinen Grund zur Sorge. Sein Personalausweis war exzellent gefälscht und hielt sogar intensiven Kontrollen stand. Ares blickte sich um und öffnete das Seitenfenster. Der Ford und sein Wagen waren die einzigen Fahrzeuge auf dem Parkplatz und die auf der Autobahn vorbeirauschenden Autos machten ziemlich viel Lärm. Trotzdem entschloss sich Ares, den Schalldämpfer auf die Pistole zu schrauben, welche er zwischenzeitlich aus der Jacke gefischt hatte. Ruhig stieg er aus dem Auto und ging beinahe schlendern, die Pistole in der rechten Hand haltend und hinter seinem Bein versteckend, auf den Ford zu.

Charles fluchte. *Mistkarre!* Hätte er sich doch schon am Flughafen um einen Mietwagen gekümmert. Er begann zu schwitzen und hätte gerne seine Jacke ausgezogen. Aber dann hätte man die Pistole, welcher er hinten links in den Hosenbund geschoben hatte, sehen können. Und er wollte die Waffe unbedingt in Griffweite haben. *Man weiß nie.* Er hatte keine Zeit, zu erschrecken, als neben ihm plötzlich ein Mann auftauchte und den Arm hob. Die zwei kurz hintereinander folgenden Mündungsblitze waren das letzte, was Charles in seinem Leben wahrnahm, die beiden Kopfschüsse töteten ihn auf der Stelle.

*Rasch, jetzt muss es schnell gehen.* Ares beugte sich über die Leiche und fand auch schnell die

Glock und einen Empfänger für einen Peilsender. Er steckte beides, sowie das Handy des Toten ein und warf einen kurzen Blick in das Wageninnere und in den Kofferraum. Beide waren leer, soweit er dies in so kurzer Zeit beurteilen konnte. Die Ausweispapiere, welche auf einen Charles Séguin ausgestellt waren, ließ er beim Toten. Ares trabte zurück zu seinem Wagen, startete den Motor und gab Gas. Er fuhr auf der Autobahn weiter bis zur nächsten Ausfahrt, unterquerte dann die Autobahn und bog in die Auffahrt zur Autobahn in die Gegenrichtung ein. Er fuhr die rund zehn Kilometer zurück bis in die Nähe von Carolines und Roberts Hotel. Auf einem kleinen Parkplatz in einem Waldstück hielt er an und begutachtete den Empfänger. Es war eine Spezialanfertigung, welche er in dieser Art noch nicht gesehen hatte. In die Anschlüsse passten nur spezielle Stecker. Zufrieden stellte er fest, dass die Batterieladeanzeige noch 98 % anzeigte, dass der Bildschirm einwandfrei funktionierte und einen roten Punkt im Zentrum von Zürich anzeigte. Er vergrößerte die Bildschirmansicht bis er sehen konnte, wo genau sich der Sender befand. *Also doch!* Der rote Punkt zeigte genau dieselbe Position an, welche er auf Philips Notebook bei den Ortungen von Astraios gefunden hatte. *Vermutlich Astraios' Hotel.* Ares war stolz, einmal mehr den richtigen Riecher gehabt zu haben. Dass er den Unbekannten getötet hatte, wurde ihm zwar von niemandem bezahlt, aber es ging darum, seine Identität weiterhin geheim zu halten. Seinen eigentlichen Auftrag konnte er nun in Ruhe zu Ende bringen.

## 52

Caroline und Robert beschlossen, wieder ein wenig im See schwimmen zu gehen. Sie stiegen in Roberts Auto und fuhren die Landstraße entlang, den Hügel hinab bis zum See. Seit ihrer Ankunft in der Schweiz war es sonnig und tagsüber immer um die dreißig Grad warm. Eine Abkühlung im See tat deshalb gut.

Ares kam gerade noch rechtzeitig um zu sehen, wie Caroline und Robert in den Peugeot stiegen und davonfuhren. Außer Badetüchern schienen sie nichts dabei zu haben. *Also befinden sich die Unterlagen vermutlich in ihrem Zimmer, im Auto des Unbekannten habe ich sie jedenfalls nicht gesehen.* Er manövrierte seinen Wagen durch eine schmale Durchfahrt in den Hinterhof des Hotels. Dort waren vermutlich hauptsächlich die Fahrzeuge der Angestellten abgestellt. Ares parkte sein Auto, blieb aber sitzen. Eine Zeitlang betrachtete er die Rückseite des Hotels. Er konnte die Lüftungskanäle erkennen. *Vermutlich für die Küche und für den Keller.* Auch eine Türe gab es. *Wohl für die An-gestellten und als Fluchtweg.* Ares entnahm dem Handschuhfach einen Schlüssel, den er vor ein paar Tagen auf der Straße gefunden hatte. Eigent-lich hätte er in schon längst wegwerfen können, aber nun war er ihm von Nutzen. *Wie symbolisch, der Schlüssel ist der Schlüssel zum Problem.* Er zog eine Baseball-Mütze mit einem großen Schirm tief ins Gesicht und setzte sich die übergroße, sehr dunkle Sonnenbrille auf die Nase. *Das sollte rei-chen.* Im Normalfall vermied er es, von irgendje-mandem gesehen zu werden, aber in diesem Fall ging es nicht anders, wenn er herausfinden wollte, in welchem Zimmer die beiden wohnten. Mit dem Schlüssel in der Hand stieg er aus dem Auto, stieß die Türe ins Schloss und sperrte ab. Dann ging er um das Hotel herum und betrat die Lobby durch den Haupteingang. Nach kurzer Orientierung hatte er die Rezeption gesehen und ging darauf zu: „Guten Tag, mein Name ist Christian Bonnafous. Ich hätte gerne meine Freunde Robert Masson und Caroline Meunier gesprochen." „Es tut mir leid", antwortete die etwas rundliche Dame mit den ro-ten Wangen, „sie haben vor ein paar Minuten das Hotel verlassen, darf ich eine Nachricht hinterlas-sen?" Ares tat so, als ob er überlegte. „Nein, nicht nötig, ich werde sie später treffen." *Treffen ist gut!* „Aber darf ich Sie bitten, ihnen diesen Schlüssel zu übergeben, wenn sie zurückkommen?" Er legte den Schlüssel auf die Theke und schob ihn der Rundli-chen zu. „Aber selbstverständlich, mein Herr. Ich werde den Schlüssel gerne weiterleiten." „Vielen

Dank, das ist sehr nett!" Ares wandte sich leicht ab und tat so, als ob er eine Nachricht auf seinem Handy lesen würde. Aber er verfolgte die Bewegungen der Rundlichen sehr genau und sah aus dem Augenwinkel, dass sie den Schlüssel in einen kleinen Briefumschlag steckte, diesen verschloss und dann in das Fach mit der Nummer 202 legte. *Bingo!* Er verließ das Hotel, ging wieder darum herum und versuchte, die rückwärtige Türe zu öffnen. Dies jedoch nicht bevor er sich seine dünnen Handschuhe übergestreift hatte. Doch die Türe war fest verschlossen. *Vermutlich ein Schnappschloss.* Ares setzte er sich ins Auto. *Hoffentlich muss ich nicht zu lange warten, es ist schon jetzt verdammt heiß und Schatten gibt es hier auch nicht.* Doch er hatte wiederum Glück. Schon nach ein paar Minuten öffnete sich die Türe mit großem Schwung und ein weißgekleideter junger Mann, offensichtlich ein Koch, kam heraus, einen großen Behälter mit Küchenabfällen tragend. Der entsprechende Abfall-Container stand hinter dem großen Lüftungsrohr, das gleich neben der Türe nach oben führte. Noch bevor die Türe durch den Türschließer wieder ganz zugezogen wurde, *zum Glück ist dieser schwach eingestellt,* war Ares bei der Türe und erwischte den Knauf noch im letzten Moment. Schnell öffnete er die Türe so weit, dass er durch den Spalt ins Innere des Hotels schlüpfen konnte. Ohne gesehen worden zu sein, huschte Ares den dunklen Flur entlang und versuchte, die erste Türe zu öffnen. Sie war verschlossen. Die nächste war zwar nicht abgesperrt, doch führte sie zu einem

Vorratsraum in welchem Getränke aufbewahrt wurden. Doch bei der dritten Türe hatte er Glück, sie führte in ein Treppenhaus. Da der Haupteingang des Hotels höher lag als der Eingang auf der Rückseite, befand sich Ares quasi im Keller. Also musste er drei Stockwerke erklimmen, bis er sich im zweiten Stockwerk befand. Zügig, aber ohne Eile, stieg er nach oben. Als er das richtige Stockwerk erreicht hatte, öffnete er die Türe, welche in den Korridor führte, von welchem aus man in die Zimmer gelangte. Das Zimmer mit der Nummer 202 lag genau gegenüber dem Treppenhaus. *Wie praktisch!* Obwohl das Hotel eher altmodisch wirkte, waren die Türen mit einem modernen Schloss ausgestattet, welches mit einer elektronischen Zutrittskontrolle gesteuert wurde. Nötig dazu war eine Karte, welche vor das Zutrittssystem gehalten wurde. Ares kannte diese Art von Schlössern. Er nahm eine kleine Karte ähnlich einer Kreditkarte hervor. Diese war mit einem Gerät in der Größe einer Zigarettenschachtel verbunden, welche Impulse an die Karte sandte und so innert kurzer Zeit mögliche Codes abrufen und knacken konnte. Nach knapp 30 Sekunden stand Ares im Zimmer und schloss die Türe leise hinter sich. *Die Suche kann losgehen.* Die beiden hatten es ihm einfach gemacht. Bereits nach zwei Minuten fand er den Briefumschlag in der Innentasche einer Reisetasche, die einfach nur in den Schrank gestellt worden war. Er nahm den Umschlag heraus und schaute sich den Inhalt kurz an. Er verstand nicht,

was dieser bedeutete aber offenbar war er den Tod
von Menschen Wert. *Jetzt heißt es warten.*

<br>

53

<br>

Robert und Caroline genossen den sonnigen,
warmen Augusttag am See. Diese Region war
wirklich sehr schön. Zwischendurch versuchte Robert, Charles zu erreichen. Doch dieser antwortete
nicht. *Nun ja, er wird beschäftigt sein. Charles ist
zuverlässig, er wird sich bestimmt melden.* Gegen
sechzehn Uhr beschlossen sie, zurück zum Hotel zu
fahren und sich ein wenig auszuruhen. Die Sonne
und der Lärm der am See spielenden Kinder hatte
sie müde gemacht. Robert parkte seinen Wagen,
stieg aus und schaute sich um. Den grauen Ford
von Charles konnte er nicht erblicken. Die Hitze
auf dem Parkplatz vor dem Hotel hatte sich aufge-
staut und Robert und Caroline waren froh, in die
kühlere Hotelhalle treten zu können. Sie waren auf
dem Weg zum Aufzug, als die rundliche Empfangsdame mit einem Briefumschlag auf sie zukam und
ihn Robert entgegenstreckte: „Guten Tag Herr
Masson, guten Tag Frau Meunier. Das hier wurde
für sie abgegeben." *Sicher eine Nachricht von
Charles.* „Vielen Dank, sehr nett." „Gern geschehen, ich wünsche Ihnen noch einen schönen
Abend." Robert zeigte Caroline den verschlossenen
Briefumschlag, in dem offenbar ein kleiner, flacher

und leichter Gegenstand lag. Beide waren gespannt darauf zu erfahren, was im Briefumschlag sein könnte, doch unterdrückten sie ihre Neugierde. Es war besser, den Umschlag erst im Zimmer zu öffnen.

Ares machte es nichts aus, zu warten. Er hatte dies schon oft getan und Geduld war eine seiner Stärken. Zwar war der Sessel, den er so neben die Tür gestellt hatte, dass die sich öffnende Türe ihn verdeckte, nicht sehr bequem. *Aber hey, für diesen Auftrag bekomme ich insgesamt über zwei Millionen Euro!* Mehrmals hörte Ares Stimmen im Flur. Eine Unterhaltung zu verstehen, war allerdings wegen der gut dämmenden Türe und wegen des dicken Teppichs im Flur nicht möglich. Jedes Mal stieg sein Adrenalinspiegel, er umfasste den Griff seiner SIG Sauer, auf die er wieder den Schalldämpfer geschraubt hatte, fester und richtete den Lauf auf die Stelle, wo das Erscheinen der Eintretenden zu erwarten war. Es war schon späterer Nachmittag als Ares plötzlich das Schnappen des sich öffnenden Türschlosses hörte und er wusste, dass der Moment gekommen war, an dem sich der Erfolg oder Misserfolg seines Auftrages entscheiden würde. Es ging Ares nicht nur ums Geld, auch wenn die hohen Summen, welche er erhielt, ein großer Antrieb waren. Er war Jäger und Perfektionist. Und er wollte immer siegen. Das wurde ihm in der Légion Etrangère so beigebracht und bis zum heutigen Tag war dies Teil seines ganzen Seins.

Robert stieß die Türe auf und betrat das Zimmer. Wie angenehm kühl es doch hier war und dies auch ohne Klimaanlage. Caroline folgte ihm und drehte sich kurz um, um die Türe zu schließen. Als sie sich wieder Robert zuwandte sah sie, dass Robert der Länge nach hinfiel. „Robert, Du Tollpatsch, was machst Du denn?", fragte sie lachend. Dann sah sie den Schatten neben der Türe auf einem Sessel sitzen und wollte schreien. Doch der Schuss, der ihr mitten in die Stirn schlug, war schneller.

Ares stellte sicher, dass die Zimmertüre auch wirklich geschlossen war. Dann beugte er sich über die beiden Toten. In Ruhe durchsuchte er deren Taschen. Die Handys der beiden ließ er dort, wo sie waren. *Keine Spur darf zu mir führen.* Aber den Schlüssel, den er als Vorwand benutzt hatte um die Zimmernummer herauszufinden, steckte er mitsamt dem Briefumschlag ein. Er schraubte den Schalldämpfer ab und steckte ihn zusammen mit der Pistole in seine Jacke und legte sich diese über den linken Unterarm. Die Jacke verdeckte auch ein wenig den großen Briefumschlag mit den Unterlagen, für welche so viele Menschen sterben mussten. Ruhig und ohne Hast verließ Ares das Zimmer, nachdem er an der Türe gelauscht und keine Geräusche auf dem Flur gehört hatte. Er verließ das Hotel auf demselben Weg, auf dem er es betreten hatte. Diesmal war das Öffnen der Türe auf der Rückseite des Hotels jedoch kein Problem, da sich die Türe von innen ganz normal mit einer Türfalle öffnen ließ. Ares ging zu seinem Wagen, öffnete die Türe und warf den zuerst den Briefumschlag und dann seine Jacke auf den Beifahrersitz. Zufrieden startete er den Motor und freute sich auf die Fahrt zurück in sein Hotel in Zürich.

## 54

Nachdem Ares geduscht hatte, legte er die Geräte, welche er bei Philip gefunden und mitgenommen hatte auf das Bett. Auch den Empfänger und das Handy des Unbekannten, den er auf dem Parkplatz losgeworden war, lagen dort. Auf dem Handy des Unbekannten waren einige Anrufe und auch Nachrichten verzeichnet. Doch Ares konnte sie nicht lesen, da auf dem Handy eine Tastatursperre aktiviert war. Ares zuckte mit den Schultern. *Was soll's, irgendwann wird man sowieso merken, dass der Typ tot ist. Aber ich möchte die Sachen so schnell wie möglich loswerden.* Ares griff zu seinem Handy und wählte Tabords Nummer: „Astraios", hörte er dessen Stimme. „Hier Ares, ich habe den Auftrag wie gewünscht ausgeführt. Sicher wird es Sie interessieren, was auf den Geräten von Philipe, dem Angestellten von Zephyros, aufgezeichnet wurde. Sie können die Geräte bei mir abholen. Auch die Unterlagen habe ich bei mir. Sie müssen aber in der nächsten Stunde bei mir vorbeikommen, ich werde so rasch wie möglich abreisen." Astraios hatte den Anruf von Ares schon ungeduldig erwartet und hatte zwischenzeitlich schon die Befürchtung, dass etwas schief gelaufen sein könnte. Es war für ihn deshalb eine Erleichterung zu erfahren, dass nun alle nicht involvierten Personen, die irgendetwas über die Unterlagen wussten, zum Schweigen gebracht wurden. „Ganz prima Job, Ares, wirklich gut gemacht! Sie sind Ihr Geld wert! Ich werde versuchen, in 50 Minuten bei Ihnen zu sein. Im Moment herrscht Feierabendverkehr und es ist nicht so einfach." Ares war zufrieden, auf ein paar Minuten kam es ihm nicht an, aber er wollte so schnell wie möglich weg. Die Polizei wird irgendwann herausfinden, dass es eine Verbindung zwischen den Toten gab, auch aufgrund der verwendeten Munition. „In Ordnung Astraios, ich erwarte Sie."


Bereits 40 Minuten später setzte ein Taxi Tabord vor Ares' Hotel ab. Dieser betrat das Hotel, ging ohne beachtet zu werden zum Aufzug, betrat die Kabine und drückte die Taste zur Tiefgarage. Dort hielt er nach Ares' Wagen Ausschau, dessen Beschreibung er von Zephyros erhalten hatte. Außerdem war ja nicht anzunehmen, dass mehrere Wagen mit französischen Nummernschildern in der Tiefgarage geparkt waren. Er fand das Auto schon nach kurzer Zeit und stutzte kurz, als er das zerkratzte Schloss der Fahrertür bemerkte. Er versuchte, die Türe zu öffnen, aber das Schloss war offenbar nicht beschädigt worden. Tabord nahm eine kleine, bereits ein wenig zerbeulte schwarze Schachtel aus der mitgebrachten Tasche. Er öffnete sie und legte sie auf das Wagendach. Er hatte die Schachtel von seinem Vater geerbt, der einen kleinen Schlüsseldienst betrieben hatte. *Wie gut ist es doch, dass mein Vater mir Einiges beigebracht hat.* Nachdem Tabord vier Dietriche erfolglos ausprobiert hatte, klappte es beim fünften Versuch und er konnte den Dietrich im Schloss problemlos drehen. Er zog am Türgriff und die Türe öffnete sich. Anschließend zog er ein paar dicke Sicherheitshandschuhe an, wie sie in Laboren verwendet werden, in denen mit gefährlichen Substanzen gearbeitet wird. Dann holte er eine kleine silberne Metallbox aus der Tasche und legte sie ebenfalls aufs Autodach. Vorsichtig öffnete er sie. Darin lagen, in entsprechenden Aussparungen des Schaumstoffpolsters, drei etwa vier Zentimeter lange, sehr dünne Nadeln. Er nahm die Pinzette, welche im Deckel der Metallbox festgeklemmt war und nahm die erste der drei Nadeln vorsichtig heraus. Mit dem stumpfen Ende nach unten, die Spitze der Nadel nach oben zeigend, steckte er die Nadel vorsichtig in denjenigen Bereich des Fahrersitzes, in welchem er aufgrund des bereits ein wenig durchgescheuerten Stoffes die Sitzposition Ares' vermutete. Genau gleich verfuhr er mit den anderen beiden Nadeln. Mit der Pinzette stieß er die Nadeln soweit ins Sitzpolster, dass deren Spitzen nicht mehr sichtbar waren. *Zu weit darf ich die Dinger nicht hineinstoßen.* Er klemmte die Pinzette wieder in den Deckel der Box und schloss diese. Nachdem er die Box zurück in die Tasche gelegt hatte, zog er die Handschuhe aus und warf sie ebenfalls in die Tasche. Vorsichtig und so leise wie möglich schloss er die Fahrertüre. Mit dem Dietrich sperrte er die Türe ab und legte die Schachtel mit den Dietrichen zurück in die Tasche. Anschließend schlug einen Innenteil der Tasche so nach unten, dass die beiden Schachteln und die Handschuhe nicht mehr zu sehen waren und befestigte dann den Innenteil mit einem Klettverschluss. Gemächlichen Schrittes ging er anschließend zum Aufzug zurück und drückte die Taste für die dritte Etage in welcher das Zimmer von Ares lag. Tabord klopfte an die Türe und sie öffnete sich kaum fünf Sekunden danach. Vor ihm stand Ares, groß, fast hager, sehr sportlich. Astraios trat ein und Ares schloss die Türe hinter ihm. „Hallo Astraios, ich hoffe, dies ist unser erstes und einziges Treffen. Wie Sie wissen, vermeide ich es normalerweise, meine Auftraggeber persönlich kennenzulernen, aber in unserem Fall geht es wohl nicht anders." „Danke, ich weiß das zu schätzen. Wo ist die Ware?" Ares zeigte auf das Doppelbett, wo alle Geräte ausgebreitet lagen. Astraios nickte, öffnete seine Tasche und legte alle Geräte hinein. „Übrigens Astraios: Ich musste auch noch einen Unbekannten beseitigen, welcher Sie offenbar auch überwacht hatte. Sein Mobiltelefon und ein Empfänger sind bei den Geräten, die Sie eingesteckt haben. Wieviel er wusste und ob er Informationen an jemanden weiter gegeben hatte, kann ich nicht sagen. Aber ich empfehle Ihnen, alle Geräte so rasch wie möglich zu vernichten, nachdem sie den Inhalt geprüft und sichergestellt haben, dass weder Philip noch der Unbekannte Informationen an Andere weitergegeben haben." Tabord nickte erneut und gab Ares die Hand: „Nochmals vielen Dank, wir sind mit ihrer Arbeit sehr zufrieden. Die zwei Millionen Euro Honorar plus eine großzügige Entschädigung für Ihre Spesen, habe ich nach unserem Telefongespräch vor einer Stunde wie gewünscht auf Ihr Bitcoin-Konto überwiesen. Sollten wir Ihre Dienste wieder einmal benötigen, so wissen wir ja, wie wir sie erreichen können." Ares war froh, als Astraios seine Hand wieder los ließ. *Ich mag keine Schweißhände.* Astraios verließ das Hotel so rasch wie möglich und beschloss, zurück zu seinem Hotel die Straßenbahn zu benützen. Währenddessen überprüfte Ares sein Bitcoin-Konto. *Na bitte.* Zwei Millionen einhundertdreißigtausend Euro lagen darauf, überwiesen von einem Treuhandfond auf den Bahamas. Rasch transferierte er den ganzen Betrag auf das Konto einer Firma auf den Cayman Ilands, welche auf seinen Namen registriert war. *Sicher ist sicher.* Dann löschte er das Bitcoin-Konto. Ares hatte es nun eilig. *Ich möchte weg von hier.* Er packte seine Sachen, fuhr mit dem Aufzug runter zur Rezeption und bezahlte seine Hotelrechnung für die vergangenen Tage und für die bevorstehende Nacht. Der Empfangschef war zwar über die überstürzte Abreise des Gastes erstaunt, andererseits kam dies aber immer wieder vor und solange der Gast auch für die kommende Nacht bezahlte, war dies schlussendlich egal. Ares nahm sein Gepäck und fuhr mit dem Aufzug in die Tiefgarage. Einen kurzen Moment stutzte er, als er das zerkratzte Türschloss sah, aber dann erinnerte er sich an den Einbruchsversuch bei der Autobahnraststätte. *Ich muss das Schloss so rasch wie möglich reparieren lassen.* Ares legte sein Gepäck in den Kofferraum, die Tasche mit den Waffen in ihr Versteck unter der Rücksitzbank und setzte sich auf den Fahrersitz. *Verflucht, was ist das? Eine Wespe?* Irgendetwas hatte ihn ins Gesäß gestochen. Er stieg aus und untersuchte den Sitz. Es war aber nichts zu sehen oder zu spüren. Sein Gewicht hatte, nachdem sich zwei der drei Nadelspitzen in seinen Hintern gebohrt hatten, so tief in den Sitz gedrückt, dass man sie nur hätte finden können, wenn man das Sitzpolster aufgeschnitten hätte. *Egal, ich habe schon schlimmere Schmerzen erlebt.* Er hatte sich schon vorher überlegt, dass ein Abstecher nach Paris ganz nett wäre. Deshalb wählte er die Autobahn Richtung Bern. Bei der Verzweigung Richtung Basel, etwa dreißig Minuten, nachdem er losgefahren war, fühlte er sich plötzlich unwohl. Ihm wurde ein wenig schwindlig, sein Atem wurde unregelmäßig, der Blutdruck sank und er spürte seinen Hintern auf einmal nicht mehr. Eine Minute später wurde ihm

166

schwarz vor Augen und sein Herz hörte auf zu schlagen. Die mit Blauem Eisenhut behandelten Nadeln hatten ihren Zweck erfüllt. Unkontrolliert prallte sein Auto gegen einen Brückenpfeiler und ging in Flammen auf. Die Feuerwehr konnte nur noch verkohlte Überreste bergen. Die späteren kriminaltechnischen Untersuchungen der Polizei ergaben, dass vermutlich ein medizinisches Problem des Fahrers zum Unfall führte und dass dieser mit einer der mitgeführten Waffen insgesamt fünf Morde begangen hatte. Ein Zusammenhang zwischen den Morden konnte nicht nachgewiesen werden.

ENDE

Epilog

Zwei Tage später, wieder in Paris, hatte Astraios die Telefonkonferenz mit den anderen Göttern des Olymp organisiert. Die Konferenz fand über verschlüsselte und mehrfach gesicherte Internet-Leitungen statt.

Astraios: „Ich begrüße alle Herren und möchte zuerst sicherstellen, dass auch alle am Draht sind."

„Zephyros?" – „Ja"

„Skiron? – „Ja"

„Euros?" – „Ebenfalls am Hörer"

„Apheliotes?" – „Präsent"

„Nun, da wir vollzählig sind, möchte ich zur Einleitung einige Anmerkungen anbringen. Wir haben vor einigen Jahren unsere Gruppe, bestehend aus an sich konkurrierenden Pharma-Unternehmen mit dem Ziel gegründet, dass keines der Unternehmen zu früh ein absolut wirksames Medikament gegen das HI-Virus auf den Markt bringt. Wir alle wissen, dass wir in der Forschung alle etwa gleich weit sind und dass wir alle von staatlichen Zuschüssen und Zuwendungen von Stiftungen, Spenden und Fonds in Milliardenhöhe profitieren. Auch die Preise, welche wir heute für die Medikamente verlangen könnten, die zur Behandlung von HIV eingesetzt werden, sind für uns sehr interessant. Diese Gelder fließen aber nur, solange kein effizientes Medikament gegen das Virus auf dem Markt ist. Wenn ein wirksames Mittel auf den Markt kommt, wird es innert kurzer Zeit weitere Medikamente von den anderen Firmen geben, was extrem auf die Margen drücken wird. Deshalb möchten wir so lange wie möglich von der bestehenden Situation profitieren und die Medikamente, welche wir alle heute auf dem Markt anbieten, so lange wie möglich zu höchstmöglichen Preisen vermarkten. Auch diesbezüglich haben wir ja entsprechende Absprachen getroffen. Da wir aber nicht alle unsere Forscher manipulieren können, müssen wir dies, wie Euch ja hinlänglich bekannt ist, mit den Forschungsergebnissen tun. Dies ist auch im Unternehmen von Zephyros geschehen. Leider fiel einem Wissenschaftler die Manipulation auf. Die darauffolgenden Ereignisse kennt Ihr ja. Nun stellen sich die folgenden Fragen:

- Haben wir die Gewissheit, dass nun alle Personen, welche über die Manipulation der Forschungsergebnisse in Zephyros' Unternehmen Kenntnis hatten, beseitigt wurden? Können wir sicher sein, dass nicht auch Forscher in einem der anderen Unternehmen auf die Manipulationen stoßen werden? Dies betrifft insbesondere auch das Unternehmen von Euros. Dass seine Assistentin einen tödlichen Unfall erlitt, war ein Glücksfall für uns. Es gilt aber sicher zu stellen, dass sie keine Informationen nach außen getragen hat, denn offensichtlich hat sie sich lange mit den neusten Testresultaten beschäftigt. Bezüglich Informationen an Außenstehende werde ich meinerseits die Daten, welche auf den Geräten von Zephyros' Mitarbeiter gefunden wurden, analysieren und Euch allfällige Auffälligkeiten mitteilen. Anschließend werde ich alle Geräte vernichten.

- Wie können wir die Forschungsergebnisse unauffälliger manipulieren?
- Wie können wir vermeiden, dass sich das, was in den letzten zwei Wochen geschehen ist, wiederholt?"

Die Diskussion dauerte rund zwei Stunden. Am Ende war man sich einig, dass man aus den Vorkommnissen der letzten zwei Wochen die Lehre ziehen müsse, noch vorsichtiger zu sein und dass man Forscher in Schlüsselpositionen dazu bringen müsse, im Interesse der Gruppe zu arbeiten um die Forschungsergebnisse noch unauffälliger manipulieren zu können. Außerdem beschloss die Gruppe, die Forscherteams zu verkleinern um das Risiko zu minimieren. Dies ließ sich ganz einfach mit wirtschaftlichen Gründen erklären. Zudem wollte man sich nach einem Ersatz von Ares umsehen, denn dieser stand ja nicht mehr zur Verfügung. *Und ich brauche auch einen neuen Sicherheitschef*, dachte Karasiuk. Die sich selbst gesetzte Regel, nur in einem Notfall Kontakt mit anderen Mitgliedern der Gruppe aufzunehmen, wurde bestätigt.

Alain Forbat arbeitete seit 27 Jahren auf dem Hauptpostamt in Marseille. Eigentlich gefiel ihm seine Arbeit ganz gut, auch wenn sie nicht sonderlich gut bezahlt war. Aber die Aussicht, bereits mit 55 Jahren bei voller Pension in Rente gehen zu können, entschädigte für Vieles. Forbat war seit dem frühen Morgen damit beschäftigt, Spezialsendungen zu sortieren: Eingeschriebene Briefe, Nachnahmen, Diplomatenpost und auch postlagernde Sendungen. Üblicherweise bewahrte man postlagernde Sendungen drei Monate lang auf, bevor die Post die Sendung zurück an den Absender schickte. Der fleckige, große und dicke Briefumschlag lag allerdings schon fast vier Monate in dem Fach, in welchem postlagernde Sendungen aufbewahrt wurden. *Ist ja egal, offenbar ist diese Sendung nicht wichtig.* Er betrachtete die Adresse. Caroline Meunier, postlagern, Hauptpostamt Marseille. Und statt eines Absenders war die Instruktion angeben, die Sendung der Staatsanwaltschaft von Marseille zukommen zu lassen, falls die Sendung nicht abgeholt würde. Forbat warf den Briefumschlag in den Korb mit den Sendungen für die

Stadtbehörden von Marseille. Diese hatten eine eigene Sammel- und Verteilstelle für Postsendungen. *Umso besser.*


Luc Besson, Abteilungsleiter beim Secrétariat Général de la Défense Nationale, SGDN, runzelte die Stirn. Auch war er besorgt. Entgegen den internen Richtlinien, hatte sich Charles nicht mehr gemeldet. Dies hätte spätestens nach 24 Stunden geschehen sollen. Eine Ausnahme bildeten lediglich Einsätze in Krisengebieten. *Aber dazu kann man die Schweiz ja nicht wirklich zählen.* Auch war Charles nicht erreichbar. Er öffnete das Lokalisierungsprogramm auf seinem Computer und gab die Koordinaten von Charles' Mobiltelefon ein. Besson stutzte. *Was ist das?* Der grüne Punkt, welcher die Position von Charles' Mobiltelefon markierte, befand sich in Paris! Er vergrößerte den Ausschnitt und konnte nun die genaue Adresse erkennen. Luc Besson entfuhr ein lautes „Boahhh!" Rasch öffnete er ein zweites Ortungsprogramm in einem zweiten Fenster und gab die Nummer von Tabords Mobiltelefon ein. Auch hier erschien ein grüner Punkt auf einer Karte. Besson vergrößerte den Kartenausschnitt und legte die beiden Karten übereinander. Die Punkte waren deckungsgleich! Also waren zumindest die Mobiltelefone von Tabord und Charles am selben Ort. *Irgendetwas stimmt da*

*nicht, sonst hätte sich Charles gemeldet.* Luc überlegte kurz und griff dann zum Hörer, um seinen
Vorgesetzten, Géneral Émile Belin anzurufen.

Melanie Hull hatte sich, nachdem sie vom tragischen Unfall Katarina Jernovaias erfuhr, für einige Tage krankschreiben lassen. Als sie wieder an
ihren Arbeitsplatz zurückkehrte, war auch Robin
Powley wieder da und tat so, als ob er gar nie weg
gewesen wäre. Er sprach auch nie über die fast
zwei Wochen, in denen er von der Bildfläche verschwunden gewesen war. Zusammen nahmen sie
noch am geplanten Symposium in Frankfurt teil,
jedoch merkte man Melanie ihren Mangel an Moti-
vation an. Sie hatte einfach keine Lust mehr, weiter in diesem Unternehmen zu arbeiten. Sie
mochte keine Geheimniskrämerei und eine Pause
brauchte sie auch. *Eine Reise nach Mexico, das
würde mir guttun!* Bevor sie ihre Kündigung ein-
reichte, informierte sie sich ausführlich und berei-
tete alles vor. Es soll eine mehrmonatige Reise werden, auf welcher sie nicht nur Land und Leute, sowie die Sprache kennenlernen, sondern sich auch
ganz einfach nur erholen und Abstand zu allem ge-
winnen wollte. Ihr Flug BA0243 hob mit 10 Minuten Verspätung am 11. Dezember um 13.00 Uhr in
London Heathrow ab.